My Best Soldier

I couldn't believe it when I saw that the photograph sent over by the Regimental Political Department was Liu Fu's. How clumsy he looked in it: a submachine gun slanted before his chest; above his army fur hat, at the right corner, stretched a line of characters--"Defend My Motherland"; his smile was still a country boy's smile lacking the sternness of a soldier's face. He had been in my platoon for only about ten months. How could he, a new soldier, have become a secret customer of Little White Fairy in Hutou Town so soon?

Our political instructor, the Party secretary of our company, interrupted my thought, "I have already talked with him, and he admitted he had gone to that woman six times this year."

"Six times?" Again I was surprised. "He is new. How could he get to know her so quickly?"

"I've asked the same question." Instructor Chang tapped his cigarette lightly over an ashtray and raised his head, looking across the small room in which we were sitting. He wanted to make sure that the orderly was not in the next room. "I think there must have been a pimp, but Liu Fu insisted he got to know the Fairy by himself when he had his hair cut in her barbershop.

Ocean of Words

好兵

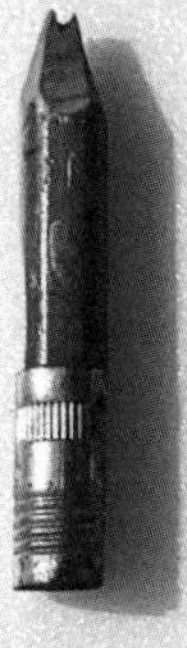

哈金 著

卞麗莎、哈金 譯

一九九七年美國國會——海明威基金會小說處女作獎評審評語：

哈金的小説集《好兵》描寫了中國軍隊的生活，行文巧妙優雅，無限複雜。他以對時代風俗的細微觀察，以他明顯地技巧的全面掌握，從錯亂的現實中創造出純粹的藝術。本書中最優秀的故事在苦難中宣洩歡悅，迴響著諷喻。這種諷喻將人物和讀者拉近，並淡遠了他們的嚴酷世界。哈金開闢了美國文學的新領域。這部風格簡約、含蓄內美的初作應當真正慶賀。

目錄

新版序

另一種軍旅文學

哈金

中國解放軍中有大量的軍人作家和藝術家，專注於創作表現軍旅生活和經驗的作品。這種文學藝術力求讚美英雄人物和英勇事蹟，好鼓舞士氣，張揚愛國精神。但本質上這類作品主要是爲了宣傳。

寫《好兵》時我心裡並沒有軍旅文學的意識，只想寫出一本好小說，力爭跟巴波爾的《紅騎兵隊》一樣優秀。如今這部小說集出版已經二十多年了，可以說它也是紅色軍旅經驗的另一種表現。這些故事並不讚美集體，也不歌頌英雄，甚至連英雄人物都沒有。但它們卻表現了青春的理想和騷動，敘述了生命的損失和夢想的破滅，當然它們也展現了偏見和固執後面的眞摯和頑強。我曾說要表現人類「高大的愚蠢」。仔細看來，書中的許多人物的蠢行和悲劇都源於某種高昂的意願。

這些故事中還有一個特別的主題：個人怎樣在集體中生存下來。我在解放軍中服役過五年，遇見各種各樣能力非凡的人，但數年後這些人都「廢了」，都無所事事，一無所成。我們可以惋惜他們沒有機會，但也可以說他們失去了方向，喪失了自我意識，讓生命隨波逐流，糟蹋掉了。《好兵》中也貫穿了一個強勁的基調：許多故事表現了年輕的生命怎樣漸漸意識到自己，怎樣學會懷疑，怎樣重新審視生命的意義，並努力發現自己的路徑，勇敢地走下去。

初版序

哈金

一九九〇年我的第一本詩集《沉默之間》出版了，其中有些詩是關於軍旅生活的。我隱約地感覺這些經驗如果用小說的形式來處理，效果也許會更好。後來，我的老師富蘭克·比達特（Frank Bidart）向我推薦了蘇聯作家阿薩克·巴波爾（Isaak Babel）的《紅騎兵隊》。讀完這本短篇小說集後，我覺得自己可以寫一本類似的書，所以就動筆了。這是我的第一本小說，寫得很艱難。但寫著寫著，覺得自己離巴波爾越來越遠，因爲他是給紅軍的報紙寫報導的——他的故事篇幅都比較短，筆法簡潔而又凝重，而我卻沒有篇幅的限制，可以放開寫。此外，巴波爾師承莫泊桑；莫泊桑對我來說有些遙遠，不很親切。漸漸地我開始認眞地讀起契訶夫。我認爲《好兵》深受契訶夫的影響。

我於六九年十二月開始當兵，當時不滿十四歲。體檢時我虛報爲十六歲；因爲父親是軍人，加上收的又是小兵，他們就沒查戶口。聽說我們要去中蘇邊境，我很興奮，以爲反正中蘇就要打一場大戰，與其在家被炸死在防空洞裡，不如死在戰場上。還有，學校那時候不怎麼上課，學不到東西，所以參軍是條好出路。我和夥伴們全被分到一個駐在吉林省琿春市的邊防團。琿春當時是個縣城，城裡只有一條大街，兩家飯館，一個理髮店，一家澡堂。琿春與蘇聯陸路相接，我們團是當地的唯一駐軍。跟邊境對面的蘇軍比起來，我們不但裝備低劣，而且兵力單薄，但士氣卻十分高昂。記得一進新兵連就看見戰士們在黑板上寫的詩句：「乘疾風，追急電，氣衝霄漢／帥令傳，三軍動，威鎮疆關。」大家心裡都沸騰：一腔爲國獻身的熱血。其實，哪有什麼「三軍」，我們團守衛著四百多里長的邊界線，一旦蘇軍打過來，根本無力抵抗。但年輕人想得很少，多具英雄本色。我被分到砲營三連。我們連駐在一個叫關門嘴的村子裡。村民大部分是朝鮮族。我開始是炮手，幾個月後在連部當通訊員，後來又被調到延吉市學報務。

到了七一年，邊境局勢緩和下來了，我開始想復員，想上學，但一直到七五年初才退了役。可是，那時大學只收工農兵學員，所以退伍後我在佳木斯鐵路分局做了三年工。直到七七年底高考恢復時，我才考入黑龍江大學英語系。

《好兵》裡的故事全都發生在黑龍江。我有意把故事的地點移到更北的邊境地區，這樣離蘇聯和西伯利亞更近些。我家在黑龍江省同江縣和富錦縣住了十多年，所以我對那裡的人情風物比較熟悉。像巴波爾的《紅騎兵隊》一樣，我把所有的故事集中在一支部隊身上，這樣各篇故事能夠互相支撐，構成一幅歷史畫卷。這本書講的是集體的故事，是軍人和老百姓們的喜怒哀樂，跟我個人的自傳無關。故事裡的事件和人物基本上都是真人真事，只不過出現在不同的時間和地點，被我捏到一起，改名換姓，東接西連，構成各種各樣的人物和情節。這本書我從九〇年動筆，斷斷續續地寫了五年多。其實，書九三年就完成了，但沒有出版社接受。每次退稿後，我又重新修改。退稿信不是說這本書沒有市場就是說它文學氣息太濃。有位編輯甚至說「詩意太重了。」後來，我從中間人那裡把書稿拿回來，自己往一些小出版社投寄。幸虧一家叫佐蘭（現已倒閉）的小出版社接受了這本書，於九六年出版，才使五、六年的勞動沒有白費。

《好兵》由麗莎和我合譯，她先翻譯出初稿，然後琢磨之功基本由我來做。以前金亮和王瑞芸翻譯的書我也有所介入，但最多只能改兩遍。這本書由自己捉刀，主要是因爲這些故事之間的風格差別很大，每篇的語氣都有所不同，而且行文簡約，實在難譯。幾年前，有位熱心的朋友試譯過，效果不理想，只得作罷。這回麗莎和我力求再現英語原文的面目，但囿於時間和能力，很難達到目的。我身爲英文教授，在美國用漢語寫作是件奢侈的事情，只能在食居無憂的前提下進行。馬上就要開學了，所以《好兵》的譯稿不得不就此殺青。我必須開始寫英文，讀英語書。如果開學後每天還在寫漢語，我會在課堂上情不自禁地吐出漢語的字句來。

二〇〇三年一月十日

獻給我的老師——
萊思理—愛潑思坦

報告

最敬愛的林政委：

我在此向您彙報上星期六下午發生的一件事。我們偵察連——咱們二師的王牌——穿過龍門市去西郊機場做跳傘訓練。當我們走到中央大街的第一百貨商店的拐角時，我下令文書徐方起頭唱支歌，想讓過路行人見識一下咱們的軍威。他執行了命令，全連唱起來：

再見吧！媽媽，再見吧！媽媽——
軍號已吹響，
鋼槍已擦亮，
行裝已背好，

部隊要出發。
你不要悄悄地為我流淚，
你不要為我牽掛。
當我從戰場上凱旋歸來，
再來看望親愛的媽媽。
……

他們一開唱，行軍速度就慢下來，百來人的整齊步伐漸漸地混亂了。這僅適於發喪的歌詞和曲子一下子使戰士們兩腳發軟，洩了氣。他們開始唱出了哭腔。我大聲喊：「別唱了！」當時我們正走在大街的喧鬧之處，我的喊聲蓋不過鬧哄哄的交通噪音，所以他們繼續唱。一些新兵突然抽泣起來，就連那些老兵也流淚了。您想，上百個訓練有素的精兵毫無羞恥地在大街上咩咩叫著，像一群羊！而且還扛著機關槍和火箭筒。群眾在路邊停下看我們又哭又唱。一些觀眾說：「這簡直是出大殯呀。」

我沒責怪我的戰士，也沒批評徐方。他們都是硬骨頭，我們連的歷史足以證明這一點。敬愛的林政委，這件事我也有責任，因爲起初我並沒有阻止戰士們學唱這首歌，我放鬆了階級鬥爭的警惕性。

我當時想，學唱一支中央人民廣播電臺天天播送的歌曲對他們不會有什麼壞處。請不要誤解我的意思：我們並沒有教他們唱這支洩氣的歌，是戰士們自己學的。我的錯誤是沒有及時制止他們。

上述事件表明〈再見吧，媽媽〉是一首反動歌曲。現在，我們全連上下都感到羞愧，因爲無意中當了小資產階級情調的俘虜。我們給咱軍隊臉上抹了黑，並損害了人民解放軍的形象。

一首眞正的革命歌曲應該能鼓舞人心，能組織和教育人民，而不是像〈再見吧，媽媽〉專門削弱士氣並破壞我們的團結。一首好歌必須鼓勵人們奮發向上，必須使朋友更可愛，使敵人更可恨。林政委，您一定還記著那些純粹的革命戰鬥歌曲吧。寫到這裡我不由自主地錄下一首：

我們都是神槍手，
每一顆子彈消滅一個敵人；
我們都是飛行軍，
哪怕那山高水又深！
在密密的樹林裡，
到處都安排同志們的宿營地；
在高高的山崗上，
有我們無數的好兄弟。

沒有吃，沒有穿，
自有那敵人送上前；
沒有槍，沒有炮，
敵人給我們造。
我們生長在這裡，
每一吋土地都是我們自己的，
無論誰要強占去，
我們就和他拚到底！

這才叫歌！此時此刻，我想起高唱著這首歌時闊步前進，滿懷自信，彷彿大地在我們腳下顫抖，高山大海給我們讓道，就不用說消滅幾個敵人了。我不必多囉唆，因爲您——老一代的革命家——是伴隨著這些眞誠的革命歌曲走過來的，您一定對它們有更深切的理解。

這個事件給我們上了一課：階級敵人仍在活動，從不睡大覺；我們一打瞌睡，他們就趁機破壞社會主義，陰謀改變我們軍隊的顏色。所以我們必須前後長眼，時刻監視他們。

尊敬的政委同志，我代表偵察連，建議取締這首毒歌，並調查譜曲者和作詞者的家庭背景及政治態度。不管他們是誰，他們無疑地具有資產階級的人生觀。他們犯了破壞罪——故意瓦解我們隊伍的戰鬥力，從內部腐蝕鋼鐵長城。此外，那些幫助傳播這支歌的人也不能輕易放過。按理說，我們應當把他們送上軍事法庭。我們必須讓敵人明白在意識形態戰線上我們也是卓越的勇士！

革命敬禮

您永遠忠誠的戰士

偵察連政治指導員、黨支部書記

陳軍

龍門市，五月二十七日

晚了

這件事起源於春節期間的一個賭注。會完餐後，我連的戰士們在下棋，打牌，閒談，吃炒花生，嗑葵花籽。二排裡一些人在談論女人，吹噓自己抵抗女色的能力。他們的話題逐漸地轉移到大蒜屯知青點兒裡的姑娘們身上。除夕之夜那些上海姑娘們都好嗎？她們那座農舍裡總該有個男人吧，嘿嘿嘿……誰敢去她們那裡看看，問問她們想不想念父母和兄弟姊妹？

有個傢伙說夜裡十一點後他就去給姑娘們拜年。另一個則吹噓說他要帶瓶酒去知青點兒，跟她們喝一杯。節日的氣氛加上菸酒助興，戰士們胡吹亂侃，個個都話多起來。

忽然，孔凱宣布他敢跟那些姑娘們同炕睡覺。這眞是太玄了，大家以爲他瞎吹，都說他如果還想聊下去，就別嘴巴沒門兒。但是有幾個人不甘休，非要下五元錢的賭注不可。出乎眾人意料，孔凱二話不說，背上行李卷兒就去了知青點兒。

那座農舍裡曾經住著一個小夥子，春節期間回上海探親去了。那些城市姑娘和鄉下的女人不同，四肢嬌嫩，面色甜淨，而且都會梳妝打扮，衣著鮮豔。

孔凱一進屋就將背包放在她們的炕上。五個姑娘都驚呆了，不知所措。他爬上炕，打開行李，和衣躺下，閉上眼睛。整整半個小時他也沒吭一聲。無論姑娘們怎樣問他，怎樣傻笑，他合著眼，假裝睡著了。她們取出糖果、巧克力、凍梨，千方百計地要使他說話，可他的嘴巴跟眼睛一樣，就是不張開。她們甚至下了一包龍鬚麵，放上蔥薑和兩個荷包蛋，以爲香噴噴的麵湯能喚起他的食欲，一旦他開口吃飯，就應該能說起話來。可她們的伎倆全都無濟於事。一位姑娘端過來一盞煤油燈，在孔凱的臉上塗了幾道黑黑的油垢，說：「這樣他就更帥了。」她們都嘻嘻地笑起來，可他還是紋絲不動。最後，她們決定夜裡輪流看守他，擔心如果她們都入睡，他會做出不尋常的事情。其實她們都覺得孔凱不像是壞人。她們每人將看守他一個半小時，其餘的人在炕的另一端睡覺。那盞煤油燈一直燃到破曉。

清晨，鄧連長和我一聽說這件事就立即動身去大蒜屯。那天眞冷，一大群烏鴉在白雪覆蓋的田野裡飛旋，飢餓地呱叫著。前面那片村莊四下蔓延，像是荒廢的戰場。村裡響起幾聲炮仗，幾縷炊煙中有兩隻雄雞在報曉，你一聲我一聲像是在罵街。遠方，烏蘇里江幾乎在雪中消失，江北面延伸著一片雪松，像一個巨大的矛頭，矛尖兒指向蘇軍的瞭望塔。那座木塔在雲霧中微微搖動。雖然天已大亮，但蘇軍的探照燈還在不時地閃射。

我們到達知青點兒時，孔凱還躺在炕上。姑娘們都已經起床，有的在洗衣服，有的在梳頭。人人都喜氣洋洋的，哼著歌曲，歡歡笑笑，彷彿什麼好事降臨到她們的住所。一看見我們，她們全停了下來。

「關上門，誰也不許出去！」鄧連長命令道。他用棉手套擦掉小鬍子上的冰霜，深陷的眼睛直閃火星。他把菸蒂吐到地上，一腳踩滅。通訊員小朱執行了他的命令。

孔凱聽到了我們的聲音，下炕來迎接我們。他一副無所謂的樣子，齜牙一笑，寬闊的臉上還塗著油垢。他仍戴著帽子，帽耳朵兩端繫在下巴底下。我鬆了口氣，看得出他夜裡沒脫衣服。我們將他帶進裡屋，開始審問。

沒用幾分鐘就審完了。他力圖使我們相信他一夜睡得很香。這眞是謊話。如果身邊一直坐著個姑娘，兩眼盯著他，他怎麼可能睡得舒坦呢？再說，炕那頭還躺著四位姑娘，他怎麼可能無動於衷呢？難道他不知道自己臉上還帶著鍋底灰似的油垢嗎？但我們並沒有問他這些問題，因爲我們不需要知道他想什麼或感覺如何。我們只想弄清他的所作所爲。

搞清了夜裡確實沒發生什麼事情，我們就將他擱到一邊，把姑娘們一個一個地帶進來。我們開始審問她們，每人只用一、兩分鐘。「你動他沒有？」鄧連長問一個高個的姑娘。她是第一個被帶進來的。

「沒有。」她搖搖頭。

「他對你說沒說話？」

「說什麼呀？」

「到底說沒說？」

「沒說。」

「他脫沒脫衣服？」

「沒脫。」

我們以同樣的方式審問了其他人，她們的回答完全相同。審問完畢我們就帶著孔凱回連隊去了，以爲這件事就此了結。回連的路上我批評了他兩句，說他不該夜闖民宅；特別是春節期間，蘇軍隨時都會打過來，而他不經批准就擅自離開營房。

孔凱一下子成了連裡的英雄。那些傻頭傻腦的戰士們稱他爲鐵漢。除了名譽以外，還有好幾個有關他的「夜跡」的故事在連裡流行。其中一個竟說那些姑娘歡迎孔凱登門拜訪，一夜裡她們輪班躺在他身旁，摸他的臉蛋兒，悄聲細語地勾引他，還用木炭給他畫了兩撇小鬍子，但是這位鐵漢一動不動，彷彿失去了知覺。我們設法制止戰士們的胡話，告訴他們那些姑娘不像你想像得那麼妖道，不應該如此冤枉人家，他們最好先給自己的腦袋消消毒。

一個月後孔凱的班長——顧沖——被升爲營部高射機槍排的排長。顧沖提議讓孔凱擔任五班班長。孔凱的確像是理想的人選；連裡的戰士們很尊重他，而且總的來看，他是個好兵。所以我們就任命他爲班長。

誰能料到這位鐵漢竟讓我們傷透了腦筋？幾週後聽說孔凱晚上和週末常常溜出營房，去跟知青點的一位姑娘約會。大蒜屯東面長著一片落葉松林，據說孔凱和那位姑娘常去樹林裡。我跟他談過此事。他說他倆到森林裡去採蘑菇和黃花菜。這是什麼謊話？我告訴他別裝蒜了。誰會相信一位鐵漢竟變成採蘑菇的娃子呢，而且還由一位姑娘陪同？我要他及時脫身，以免後悔莫及。軍紀講得清清楚楚，不允許戰士談戀愛。

四月的一個上午，通訊員小朱又報告說孔凱離開了營房。我和楊文書立刻動身去那片落葉松林。在林邊我們發現兩行腳印沿著泥濘的山坡伸進樹叢，我倆就順著腳印摸過去；沒費工夫，就發現了那對情人。他們坐在一塊大岩石下，一看見我們就趕緊爬起來，溜進樹林深處。我們走過去，發現地上散著五張金黃色的糖紙。我讓文書把糖紙全撿起來，然後我們就回營房去了。

楊文書說他認識那個姑娘，她叫安瑪麗，就是那位高個、白臉的。我也想起來了。我記得審問她的過程，覺得她並不是壞姑娘。但紀律就是紀律，誰也不能違犯。孔凱這樣做不但給自己找苦吃，也會給連裡帶來麻煩。我們必須阻止他。

不久二排排長彙報說孔凱常跟他班裡的戰士們吵嘴。有人公開稱他是「吊膀子的好手」[1]。

五月中旬，我們進行了五好戰士的初評。跟往年一樣，我們把槍枝、手榴彈、火箭筒全部鎖在連部中，以防有的戰士一旦落選，會急眼動起武來。別的連隊在評選期間曾經發生過流血事件，所以我們必須小心。

所有的班長全被評選爲五好戰士，只有孔凱落了選；更有甚者，他們五班有三個戰士被選上了。同志們批評孔凱，說他生活作風有問題。這次評選的結果使鄧連長和我不安，我們特別擔心孔凱，所以就找他談談。

就寢號響後，我們把他叫到連部。桌上的煤油燈比往日亮多了，小朱剛換上新燈捻兒。我走到窗前，望著月光明澈的夜色。鄧連長在桌前讀報，胳膊肘邊放著一個藍灰色的筆記本和一枝鋼筆。每當他遇到一個生字，他就在它下面畫道槓。他只念過三年書。

遠方一架蘇軍的直升飛機在星星間閃爍著，錘打著夜空。邊境那邊的山嶺好似簇簇墳包。我尋思著孔凱怎麼會搞起戀愛的。三個月前我們審問他和那五位姑娘時，我敢肯定他一切正常。那麼，愛情的種子怎麼會在他頭腦裡發芽呢？難道是因爲安瑪麗在他臉上抹了油垢嗎？

孔凱短闊的身子在操場上出現，朝連部走來。我回到桌旁，坐下來。孔凱一進屋，我就說：「坐吧，小孔。」

我們開門見山，問他對評選的結果有何感想；他承認對落選很失望，菱角眼不斷地打量著我們。我遞給他一支菸，他謝絕了。

鄧連長說：「三個月前你在同志們眼裡還是條鐵漢，但怎麼一下子就搞起女人了？」

「我沒搞女人。」

「咱們把話說明白，」我搶過話頭，「我們在知青點兒問你時，你說什麼事都沒發生。你是不是撒謊？」

「我沒說謊。」

「那你怎麼跟安瑪麗弄到一塊去了？」連長問。

孔凱不吱聲，直咬下嘴唇。

「小孔，」我又說，「你一定對我們隱瞞了什麼。」

「沒，我眞地什麼也沒隱瞞。咱們一起回連的時候我還不知道。」

「不知道什麼？」鄧連長說。

「一張紙條，她在我口袋裡留了張紙條。直到三天後我才發現。」

「讓我看看。」鄧連長伸出手；孔凱慢騰騰地掏出錢包，取出那張條子。連長讀了讀，遞給我，罵道，「母狗！」

紙片上寫著這樣幾個字：

我認識你，你叫孔凱。

——安瑪麗

沒人能說這是情書或密信，所以我對孔凱說：「這幾個字根本就沒說什麼，無法解釋你的這樁好事。」

「我想弄清她是怎麼知道我的名字的。」

「所以你就去找她了？」連長問。

「嗯。」

「你們兩人都不要臉了？」

我並不認爲那位姑娘做錯了事。孔凱三更半夜闖進知青點兒，後來又回去找人家，錯誤在他這方。可是，要他立即切斷與她的聯繫，也許不太實際。不過他是個戰士，必須主動了結這場戀愛，所以我就扭轉話題，問他年終怎樣才能被評爲五好戰士。他說將努力工作，爭取得到足夠的選票。我們知道這是空話，只要他不結束這場戀愛，還得落選。鄧連長不耐煩地說：「孔凱同志，你應當明白你已經丟盡人了。你想知道你們班裡的戰士是怎麼想的嗎？他們說被你糊弄了，鐵漢變成了熊蛋。你現在得設法恢復自己的名譽，好讓手下的兵尊敬你。要不你怎麼能繼續當班長？」

孔凱低頭不語。連長的話直率而又懇切，我沒再說什麼。鄧本明不是話多的人，這件事顯然已經攪得他心神不安，雖然他只跟我提起過兩次。我很抱歉，因為自己是連裡的指導員兼黨支書，卻沒有在初評之前就著手處理這件事情。

孔凱走後，我跟鄧本明承認自己的疏忽，保證制止住這場戀愛。他是個直爽的人，說我在三個星期前讓他看那些糖紙時就應該採取行動。

第二天上午我派楊文書到大蒜屯去調查一下那個姑娘的情況。我讓他去生產隊黨支部，看看她的檔案，弄清她的履歷和家庭背景。

「潘指導員，放心吧，」小楊笑著說，「我是職業偵探。」他將一條腿往永久牌自行車上一撩，就騎走了，不停地按著鈴鐺。

我坐下來給團政治處寫報告，彙報這次初評的情況。我初中畢業，所以這幾頁東西嘩嘩幾筆就寫成了，沒用一小時。午飯前沒別的事做，我就又考慮孔凱這件事，特別是那位姑娘。我記得她有悅耳的嗓音，去年「十一」國慶節我在集市上聽過她唱樣板戲《海港》裡的片段。她在村裡的豆腐坊工作；我們的炊事員常去那裡買豆腐皮和豆芽。她雖然細高，卻不漂亮，頰上還帶有雀斑。我覺得她好像是一隻大狐狸穿上人裝。知青點兒裡，我敢說她是最不出眾的。

中午，楊文書回來了。調查的結果讓我吃了一驚：

安瑪麗，二十三歲，女
家庭出身：資本家
個人出身：學生
政治面貌：群眾

安龍（安瑪麗的父親），男，一九六X年死亡
出身：資本家，解放前擁有兩座紡織廠
政治面貌：反革命

現在這場戀愛的性質清楚了。如果孔凱已經知道她的家庭背景，他一定是昏了頭，不顧階級之分。他高中畢業，讀了不少俄國小說，特別是屠格涅夫的東西。有一回我聽見他誇獎這位作家，彷彿這麼個編故事的人跟列寧和史達林一樣偉大。孔凱身上有一股小知識分子的氣味，他也許性情浪漫，

崇尚博愛。

我跟鄧連長碰一下頭，決定再找孔凱談談。第二天下午，連裡的人都頭戴草帽在山上的土豆地裡鋤草，孔凱則坐在連部，面對我倆。

「你跟安瑪麗談過嗎？」我問他。

「還沒有。」

「你打算什麼時候談？」鄧本明問。

「可能這個週末。」

「孔凱同志，」我說，「你知道她的家庭出身嗎？」

他點點頭。

連長又問：「那你爲啥要跟這個資本家的女兒混到一起呢？」

「她本人又不是資本家，對嗎？」

「咋的？」鄧本明拍了一下桌子，「你不在乎有個資本家兼反革命的岳父？」

「鄧連長，瑪麗的父親許多年前就死了。她是個孤兒，我根本不會有什麼岳父岳母。另外，她跟我一樣生在紅旗下，長在紅旗下。」

「你——你——」

「孔凱，」我接過話頭，因爲論動嘴鄧本明不是他的對手，「你的錯誤是雙重性的。第一，你破壞紀律，談起戀愛；第二，你混淆了階級界線。毛主席教導我們說：世界上沒有無緣無故的愛，也沒有無緣無故的恨；無產階級有無產階級的愛，資產階級有資產階級的愛。你身爲黨員，到底屬於哪個階級？」

孔凱默默地垂下頭。鄧連長又開攻了：「你現在還說什麼？」

沒有回答。

「你出了毛病，小孔，」連長接著說，語氣充滿對同志的關懷，「我們都會時不時地出毛病，但你不該諱疾忌醫。」

我沒想到鄧本明會用這個成語，一定是剛從《毛主席語錄》上學的。我加上一句：「我們今天把你找來是因爲對你的未來擔憂。我們要提醒你對這件事要頭腦清醒。」

見他滿面愧色，我想可以到此爲止，就說：「我們不必多費口舌。你清楚這件事的性質，必須下決心停止與她來往，而且越快越好。如果你沒別的話要說，就可以走了。」

他慢慢地站起身，蹣跚而去，手裡攥著帽子。

「你應該命令他立即跟她斷線兒！」連長對我說。他的語氣讓我吃了一驚，我不知如何回答。他繼續說，「他太頑固了。我們怎麼能還讓他當班長呢？一個人掉進泥坑裡不要緊，但他就是拒絕爬出來。這眞是……」

「老鄧，咱們給他點兒時間。他已經同意跟她斷絕關係。」

正如我所料，星期天孔凱又同那姑娘去落葉松林了。這是必要的，因爲他得跟她見最後一面才能與她訣別。我沒問他進展如何，不願讓他以爲我故意使他們兩個年輕人受罪。他只要及時抽身就行了。

下一週裡我碰見孔凱好幾回，看來他好像已經跟她斷了。我派楊文書監視孔凱。星期天上午他報告說孔凱又溜走了，我命令他去落葉松林找孔凱，並立即將他帶到我的辦公室來。一個小時後小楊兩手空空地回來了，說他們沒在森林裡。我就派他和通訊員一道去村子裡找人。他們遠遠地看到那對戀人坐在河畔的沙灘上，靠近橋底，互相擁抱著，可是那對男女一看見來尋找他們的人就起身溜走了。小楊和小朱只帶回來一只用過的避孕套作爲證據。

我有些慌張，就派通訊員去五班等孔凱，一旦他歸隊，立即將他帶到連部來。

兩個小時後孔凱來到我的辦公室，說跟安瑪麗談了，但無濟於事。「爲什麼？」我問。

「她哭成了淚人。我不能再傷害她了。還有……」

「還有什麼？」

「我曾承諾要娶她。」

「什麼？這太過分了。你必須和她斷絕關係。」

「潘指導員，瑪麗不是個壞姑娘。她熱愛黨，熱愛毛主席，不信您可以問問其他社員。」

「我不想知道她是好是壞。你身爲黨員，不能娶一個資本家的女兒。你到底明白不明白？」

「求求您了，就幫我一把吧！」

「我這不是在幫助你嗎？幫你爬出泥坑。」我火了，雖然我出了名地脾氣好。

「不行，我不能再傷害她了。我下不了手。」

「那好，咱們把一切都攤在桌面上。你必須在她和自己的前途之間做出選擇。如果你要繼續跟她混下去，就準備年底復員。」

「天啊，我眞下不了這個狠心！」

「那就讓我來幫你一下。告訴我，你願意爲她放棄黨籍嗎？」

他默默地看著我，好像被這黑暗的前景給震住了。我繼續說：「如果你父母在這裡，他們會怎樣說呢？能讓你娶這個資本家的女兒嗎？」

「不能。」

「就是嘛，因爲那將給你們家帶來恥辱。還有，你不想到年底當上五好戰士，把大紅喜報寄回家嗎？」

他沒回答。我又問：「你不想將來當個排長、連長嗎？」

我將他的沉默當作認同。「瞧你，這些日子神魂顛倒的，看不清自己必須付的代價。沒有人應該這樣毀掉自己。我不是說你不應該愛上某人。我們都是人，都有感情，但世界上還有比愛情更重要的事情。許許多多革命先烈爲黨和新中國獻出了寶貴的生命。難道他們沒有愛情嗎？當然有。他們把對民族、對革命事業的熱愛看得比個人的感情更重要。現在你面對的不過是了結一個不正常的關係，你卻說做不到。你怎麼能讓黨信任你？」

他還是不說話。我覺得自己的一番話正中要害，加強了他的決心，所以就命令道：「給她寫封信說從此一刀兩斷。」爲了安慰他，我追加幾句，「小孔啊，你不要爲一個姑娘斷送自己的前程。好男兒應該事業在先，女人在後。我不是作爲一個黨支部書記才跟你這樣說，而是作爲一個過來的兄長。相信我，將來你一定會娶一位比安瑪麗強得多的姑娘。短期內你可能難受，但一切都會過去的。」

「好吧，」他咕噥說，「我給她寫封信。」

「這就對了。信寫完後，讓我看看。我派人給她送去，這樣會讓你好受些。」

晚飯時候，我告訴鄧連長談話的結果，跟他保證這事就算解決了。他也認爲最好讓孔凱寫信，派人送去，因爲這樣可以防止他跟那姑娘再扯下去。傍晚信到了，我們都沒想到寫得這麼短。鄧連長很不耐煩，堅持要孔凱重寫一封，但我認爲信雖短，仍可以達到目的。信是這樣寫的：

瑪麗：

請忘掉我。我愛你，但是我們出身於不同的階級，無法走到一起。我從此不能再見你了。多多保重。

孔凱

六月十二日

我用鋼筆將「我愛你，但是」抹去，這樣此信就更精練些。我納悶兒孔凱爲什麼不寫它滿滿一頁。他是我連最硬的筆桿子之一，時常在飯堂裡對全連朗讀自己冗長的文章，炫耀他的筆力。好一個典型的小知識分子。

我立刻派通訊員小朱去知青點兒送信。一小時後他回來說那姑娘讀完信後放聲大哭。我們都認爲這就好，正中目標。

凌晨三點左右鄧連長把我喚醒，說孔凱逃跑了。我跳下床，和他一起出發去五班。我們的第一反應是他可能逃往蘇聯，但看見他的軍裝和衝鋒槍仍在，就認爲這不可能。沒人會兩手空空地叛逃；此外，烏蘇里江眼下正漲水，孔凱不會游泳，過不了江。儘管如此，我們還是派二排去江邊搜索。然後，鄧連長和我帶著文書和通訊員一起出發去大蒜屯，相信孔凱可能在知青點兒那邊。路上我們碰見一隊民兵，他們在尋找安瑪麗，說她讀完信就失蹤了。這條消息令我們震驚，怕那對戀人自殺了。我們立刻返回營房，將另外三個排喚醒，命令他們搜索附近的田地、森林、水澤、山崗。戰士們一邊找一邊罵。

許多村民都出來尋找著這兩個人，大夥兒忙活了一整天，也不見他們的蹤影。團部堅持認爲他倆已經私奔，所以通知臨近的縣市：一旦發現他們，就將他們拘捕。我沒料到事情會鬧到這個地步。誰能想像兩隻臭蟲會展翅高飛呢！現在這件事的性質變了，他倆成爲在逃的罪犯。一旦被擒，孔凱將上軍事法庭，而安瑪麗會被打成現行反革命。「我要是抓住他，就把這個混蛋給剁了！」鄧連長反覆說。

我們相信不出一、兩個月他倆就會落網，因爲他們很難有藏身之地。無論到哪裡，他倆都是非法居民，很容易被警察和群眾認出來。不過，中國這麼遼闊，也許會有個村莊或小鎮能讓他們棲身。團裡還派人去上海和孔凱的江蘇老家追查，但那對男女從未在兩地露面。三個月過去了，他們還是下落不明。團政治處認爲我和鄧本明都有失職之錯，分別給我倆一個紀律處分。鄧連長氣壞了，怨我沒有採取有效手段及時制止住孔凱，聲稱我應該承擔全部責任。整整一年裡我倆之間常鬧矛盾。

一年後，「八一」建軍節的前兩天，我收到一封信。信封上沒有寄信人的地址，但郵戳兒顯示它發自甘肅。信裡只有一張黑白照片，四吋長三吋寬；照片上是孔凱和安瑪麗，他們膝上坐著個胖嬰兒，男女不明。孔凱一臉傻氣，卻既高興又健康，頭髮刺棱著，像個喜鵲窩。他的新娘彷彿在對什麼人會意地微笑。他倆如今都像是農民，粗壯了許多。他們身後好像有座小山，但背景十分模糊，也許有意洗得暗淡。照片左上角橫著一行字：「幸福家庭！」我朝他們臉上吐了幾口吐沫，然後反過照片，上面寫著三個鉛筆字：「對不起。」我在心裡不停地罵他倆。最初我打算把相片送到團政治處去，但仔細一想，改變了主意。我並非不願意讓他們落網，而是怕再惹起事端，又點燃鄧連長的火氣。此外，上級也許會重新考慮這個案子，會懷疑我跟孔凱有書信來往。不能，不能把相片送上去，不能引火燒身，所以我劃了根火柴，把照片連同信封一起燒了。

---

1 吊膀子，意指男女互相引誘。

朴大叔的兩個壽宴

那天是陰曆臘月二十八。韓豐班長和我端著高粱米飯和燉豆腐回到朴大叔家的客屋裡。我們六班共有五人住在朴大叔家。我們拿出勺子和碗，正要吃午飯，連著朴家正屋的門開了，從門後閃出朴大叔花白的頭。他向我們招招手，要我們過去。「我今天過生日。過來一起用飯。」他說漢語帶朝鮮語口音。

我們互相看看，不知道該不該過去。「謝謝您，大叔，我們正在吃午飯，就不過去了。」韓班長說。

「過來，全都過來！」老頭不容分說地揮著手。他眼角皺起來，下眼皮紫黑。

我們從地炕上站起來，不知道該咋辦。聽說鮮族鄉親待人直率，在他們家裡你如果客客氣氣，就會惹惱他們。關門村有三十六戶鮮族人家。他們仍舊保持自己的風俗，住在凸圓草頂的房子裡，屋裡沒有屋地，一進門全是炕。

朴家正屋中間放著一張矮桌。桌旁有一盆白米飯，在陽光裡散發著熱氣。一缽醬湯坐在桌子中央，桌上還擺著辣白菜、凍肉、小餃子，還有一把酒壺、六個酒盅、六只淺碗，碗上放著六雙筷子。朴大嬸和他們的小女兒順吉跪在屋角，圍著兩口嵌在炕裡的大鍋忙活著。她們準備伺候我們吃飯，可我們仍不知道該咋辦。朴老頭事先並沒告訴我們今天是他的六十大壽。

「坐下，」朴大叔說，「全都坐下，靠桌子近些。」他拽了一下我的胳膊。「小范，坐這裡。」我們全坐下來。我儘量學鮮族人那樣盤腿大坐，可是兩腿硬得像木頭棍子。除韓班長外，肖兵、賈民、金鑫也都不能那樣把腳背完全翻過去，使膝蓋壓下來。班長解開他的風紀釦。

「吃啊，喝啊。」朴大叔說，拿起筷子。他妻子和女兒挪過身來，拿起木勺準備給我們盛飯。

「請等等。」韓班長止住她們。兩個女人低下眼睛，跪在我身旁。「大叔，」韓豐說，「謝謝您請我們，但我們不能吃您的飯，不能違反紀律。」

「什麼紀律？」老頭停止倒酒，鼻子兩邊褶起來，他左腮上的痣變得更大了。

韓豐解釋說：「三大紀律八項注意的第二條，『不拿群眾一針一線。』這是毛主席的教導。」

「我們得守紀律。」賈民插了一句。

「算了吧！在我家裡搞什麼紀律。這房子裡的紀律全由我定。我讓你們用飯，又不是你們從我這裡拿東西。」

「大叔，您知道如果沒有連領導允許我們就吃您的飯，那就是破壞紀律，我們都會挨訓的。」韓豐笑了笑，兩眼不自禁地瞟著桌上的酒菜。

我直嚥口水。我們已經一個多月不見葷腥了，就是活豬也敢咬牠一口。眼前這麼多好東西，卻不敢碰，真教人受不了。「朴大叔，」金鑫說，「就放我們走吧！」

「今天是我的六十大壽。我把你們當朋友請來，可你們全都不喝酒，也不用飯。你們讓我這張老臉往那裡擱？」老頭的鼻孔擴張著，滿臉通紅，紅到脖根。朴大嬸用朝鮮語嘀咕了幾句，好像勸他小聲點。

碰。朴大叔把筷子往桌上一摔。他妻子和女兒趕緊低下頭去。棕黃色的湯在陶缽裡晃出圈圈波紋。「那好，你們不吃，我這個生日也不過了，不過了！」他跳起來。

「大叔，您聽我說。」韓班長懇求著，但沒有用。朴老頭推開門，把飯菜連盤帶盆一起往外扔。湯缽飛了出去，在雪地上留下一道黃線，落到梨樹下，消失在雪裡。院裡撒著白菜和肉塊兒。一群雞和幾隻烏鴉衝過來，吃個不停，牠們的頭上下跳動著。外面沒有風，太陽高照在藍天上。

朴大嬸趕緊把米飯盆挪到身後。順吉哭起來。朴大叔蹬上靴子，光著頭氣呼呼地出去了。

我們都矇了。班長跑出去找朴大叔，我們四人則退回客屋，吃我們的午飯。韓豐沒找到朴大叔。那老頭子趕著牛車去拉煤了。北山有許多座小煤窯，韓班長弄不清哪座是朴大叔的。他找了一圈兒，垂頭喪氣地回來了。朴大嬸和順吉都不懂漢語，我們無法跟他們解釋。

那天傍晚，指導員王喜和連長孟雲來給朴大叔道歉。朴家剛吃完飯。客屋的門開了個縫，我們擠在門口看他們說話。他們盤腿坐著，朴大叔火消了，看上去滿高興。朴大嬸拿走碗筷，端上來三盅辣白菜汁，放在桌上。我們沒料到，兩位領導謝了主人，仰頭把菜汁一口喝乾。

「好，這才叫軍人，哈……哈……」朴大叔說。

「大叔，」王指導員說，「我倆是來給您賠不是的。我們的戰士沒讓您過好生日。眞對不起。」

「沒事兒，沒事兒，都怪我。我脾氣不好。」老頭好像有些不好意思，轉向他妻子。朴大嬸手捂著嘴，沒笑出聲來。

「大叔，我們保證這類事情不再發生。」

「這事兒過去了，別再提了。」老頭把最後一點兒菜汁喝光。「說實話，我們朝鮮族人喜歡直來直去。我知道這些小夥子都是好樣兒的，但在我家裡他們像膽小的姑娘。你看，他們是軍人，扛槍拿炮的，應該有點兒虎氣。朝鮮女人就喜歡男人猛如虎。」

我們在門後憋不住地笑出聲來。他們都轉過頭，也跟著大笑起來。朴家女兒不在場，朴大嬸不懂漢語，所以只有男人明白老頭的渾話。

「朴大叔，」王指導員說，「我們後天給您慶壽。」

「由我們來辦，」孟連長說，「我們出酒出菜，行嗎？」

「行，哈——哈，太好了！我最喜歡吃你們的菜，中國菜比中國女人強。」朴老頭兩眼在暗屋裡微微發光。他們都站起來，握了握手。

兩位領導來到我們屋裡，告訴我們從現在起凡是鮮族鄉親給我們東西，不能拒絕。我們應該先收下，然後設法回報他們。無論如何不許破壞軍民關係。

兩天後我們連春節會餐。炊事班做了六個菜——野豬肉燉粉條、炸帶魚、涼粉兒拌白菜、雞蛋炒香菇、木耳炒肉、糖醋蘿蔔。我們每樣菜多打一些，帶回朴家。炊事員們並沒專爲朴大叔的壽宴做任何東西，不過司務長給了我們兩瓶白酒，其中一瓶是給朴老頭的。

朴大嬸拿出十幾個盤子，所有的盤子立即裝滿了我們的菜。朴家大女兒順珍剛好領著兩個兒子回娘家來了。所有男人，包括兩個小孩子，全圍大桌子吃飯，而女人則在小桌子上吃。朴家也準備了些飯菜——一大缽餃子，當然少不了辣白菜。酒菜剛擺好，孟連長來了。壽宴隨即開始。

一盞煤油燈從天棚上垂下來，紅銅色的燈光落在白牆上。今天不分主賓，人人自便——自己盛飯、夾菜、斟酒。孟連長舉起酒盅說：「朴大叔，祝您健康長壽！」

「大叔生日好。」我們齊聲說，跟他碰杯。

「大家都高興高興。」朴老頭說，嘴裡塞滿了飯。他喜氣洋洋地舉起酒盅。除了我和賈民，所有的男人，包括那兩個小男孩兒，一口把酒喝乾。盅子立刻又斟滿了。

三個女人安靜地吃著，他們輕聲說笑。顯然，她們喜歡這些酒菜，也許更高興是不用伺候我們男人了。我偷看順吉一眼。她一定喝了不少，雙頰紅撲撲的，兩個酒窩更深了。她在聽姊姊說話。

朴大嬸用木勺往我們碗裡撥餃子。我想多吃些米飯，就用手蓋住碗口，她把該給我的餃子撥到賈民的碗裡。「多吃。」她怯生生說著漢語，笑咪咪地看著賈民。

賈民咬了一口餃子，咳嗽起來。他好像淚汪汪的，但我不知是爲什麼。肖兵則不停地舔嘴唇，哈氣。

孟連長喝完三盅就離開了，他得去別人家拜年，還得出席營裡在生產隊會議室爲村領導們舉行的宴會。朴大叔並沒挽留他。其實，當官的一走，我們倒輕鬆下來，可以自自在在地吃喝、談笑。沒一會兒朴大叔話就多起來。他給我們講日本兵和蘇聯兵的事，還讓我們摸他頭頂上的一塊大疤。那是被日本警察打的，因爲他在腰上纏了一袋大米，要帶回家給他久病的老娘吃。

「只有日本人才能吃大米，」他說，「朝鮮人可以吃小米。中國人只准吃高粱米。」

「那黃豆之類的呢？」我問他。

「哪有什麼黃豆呀。小鬼子的火車燒黃豆，把木材、礦石拉到海港去。從那裡再把它們裝船運回日本。」

「他們是畜生！」韓班長狠狠地說。

「蘇聯人也一樣，」朴大叔繼續說，「大鼻子和小鼻子都是殺人不眨眼的蠻子。一九四五年秋天，在虎頭城裡我親眼看見一個蘇聯軍官強姦中國婦女。他把手槍放在門檻上，在屋裡禍害她。不管那女人怎麼喊救命，她丈夫和別的中國男人站在外面，誰也不敢進屋。一旦你被外國人打敗了，你就什麼都沒有了，連做人的權力都沒了。」

「但蘇軍是來打日本關東軍的，不是嗎？」肖兵問。

「是的，」朴大叔點點頭，「可他們是土匪，是白軍，被史達林送來打日本人，當炮灰。他們才不在乎誰是敵人呢，他們到處殺人，活一天樂呵一天。」

「像日本兵一樣？」我問。

「當然了，看誰不順眼就殺誰。那時我認識一個漢人，名叫穆山，在虎頭城裡賣包子和燒餅。蘇軍進城時他正在路邊賣包子。一個蘇聯兵走出隊伍，過來提起穆山的籃子，拿起包子就吃。一會兒，蘇軍警官來了，身上帶著紅槓槓。穆山跟他們抱怨。你猜那些警官說什麼？」

「說啥？」我問。

「他們說這就給那個當兵的開膛。如果他肚子裡有包子，就完事大吉。要是肚子裡沒包子，他們就當場斃了穆山。穆山給他們下跪，求他們別管這事了，幾個包子哪值條人命啊！警官說不行。接著一個高個子警官舉起卡賓槍，把那士兵給掃倒了。他們豁開他的肚子，發現裡面有包子。他們舉起大拇指，對大夥兒說，『號拉少！』，意思是『好』。」

「他們都是韃子。」金鑫說。

「對，全是野獸。這是爲什麼我們歡迎你們駐進我們村，好打老毛子，保衛我們的家園。」

他的最後一句話讓我們很感動。大家又碰杯，把盅裡的酒喝完。朴大嬸拾掇完桌子，擺上一把大茶壺和幾只小水碗。大家開始喝茶，吃花生。朴大叔叫來他女兒，讓她們給我們跳舞。這多不好意思呀，我想。但人家姊妹倆卻毫不猶豫，自然地在屋裡旋舞起來。她們跳的是《鮮族人民熱愛偉大領袖毛主席》，是一個忠字舞。她們的長裙飄擺著，同時朴大嬸拍著小手喊：「召它！召它！」那是「眞好」的意思。煤油燈的火苗跟著她們的舞步搖動著。她們的影子在炕上和牆上飄過，彷彿整個房子都在旋轉。

她們跳完舞，向我們鞠一躬，我們鼓掌叫好。順吉像個新娘，穿著白淨、寬鬆的長裙。

朴大叔的兩個孫子——古澤和古華——在外面放起鞭炮。我出去跟他們一起放。他倆不敢點炮仗，我就幫他們點。我手裡拿著根香，把二踢腳一個又一個送上天。空中盡是火藥味兒，天上簇簇火花在星星之間開放。

我聽見身後有人走來，沒等我轉過身，背上就重重地挨了一掌。「范雄，你這個驢崽子，」賈民大聲罵我，「你不吃那些餃子，結果全給了我。你比狐狸還精。噢，我得把它們吃完才能吃米飯。」

「你這是怎麼了？」

「餃子裡沒有肉，全是辣椒麵兒和花生油。媽的，我嘴裡辣得盡是泡。」

我笑起來。賈民踢我的腿，又要打我。我跑開了，他追過來。我們圍著朴大叔的房子轉圈兒。他攆著我，罵個不停，直到我把他甩掉，藏進草垛裡。

「范狐狸，你給我出來！」賈民喊道。我不作聲。

他在院子裡、房前房後找了一陣，弄不清我藏在哪兒。這時朴家的兩個孫子又出來了，每人挑著一根竹竿，上面掛著一串鞭炮，金鑫給他倆點燃掛鞭。頓時這裡的爆炸聲加入了村裡的鞭炮戰役，四處大砲機槍一齊作響。我頭下的乾草眞好聞，甜絲絲的，使我想起家鄉，想起大年三十跟夥伴們玩兒捉迷藏。

順吉在屋裡唱起歌。透過窗戶的玻璃紙，朴大叔和韓班長的笑聲起起伏伏，在寒夜裡迴響。

空戀

政治學習後，蔣臺長打開收、發報機，尋找軍區臺。半分鐘後，一個強勁的信號出現了，呼叫著五團。康萬斗聽得出對方是個老手，點畫清晰，速度又快又穩。

「發得不錯嘛。」石偉說。

「當然啦，瀋陽那邊全是高手。」蔣臺長邊說邊回叫。這是他們第一次直接同軍區聯絡，很快兩邊電臺就接上了頭。蔣臺長電告對方從現在起他們將保持晝夜每時聯絡。

「明白，再會。」瀋陽回答。

「再會。」蔣臺長拍過去。他關掉發報機，但讓收報機開著。「孫民，該你接班了。小康上晚班。」

「行啊。」孫民把他的椅子朝電臺挪挪。

雖然中年的臺長叫康萬斗小康，但對別的戰士們來說他可是大康。除了聲音以外，他全身到處都大。他的聲音又小又輕，說起話來像是對自己嘟囔。如果他不是長個長脖子，同志們準以爲他小時候患過大骨節病。他的手腕粗粗的，方方的大拇指讓他有些不好意思。不過他那對青蛙眼上的長睫毛倒挺逗人喜歡。

晚飯後，大康替下了孫民。晚班不忙，黃昏時廣播電臺都在播送新聞，空中充滿了噪音，這時候電臺一般不收發報。大康的任務是每小時跟瀋陽聯絡一次，其餘的時間他得守在機旁，以防有急電。沒別的事做，他便打開氣窗看看夜景。一條條灰雲在新月和閃爍的群星下急速地湧動著。空中傳來神祕的嗡嗡聲，彷彿來自遙遠的星座。除了虎頭城裡密集的燈光外，黑暗籠罩著所有地方，就連蘇聯那邊群山的輪廓也消失了。

冷風呼呼地灌進報務室，大康關上氣窗，坐回椅子上。窗外又什麼也看不見了；玻璃上的霜花像起伏的森林、山巒、洞穴、珊瑚礁。他拿起一枝鉛筆，翻過電報本，開始在上面畫畫兒。他先畫了匹馬，又畫了頭牛，接著又畫狗、豬、公雞、綿羊、驢，末了畫了一隻母雞領著一群雛雞。

九點鐘就寢號響了以後，夜晚安靜得讓人難以忍受。他眞希望做點有趣的事。抽屜裡有一本《毛選》和列寧的《怎麼辦》，都是蔣臺長值夜班時翻閱的書，但這些書對大康來說太深奧了。他懷念小時候看的那些小人兒書。但那種小畫書已經很稀少了，因爲文革一開始都給燒了。他掏出菸荷包捲了支菸，也只有抽菸提提神了。他伸伸腿，把兩腳放在桌面上，後肩倚在椅背上，懶洋洋地像是坐在沙發裡。一會兒，屋子裡就煙霧騰騰。

十點整瀋陽那邊開始呼叫。大康打開發報機準備回答。這次對方是另一位報務員，信號快速度地流動著，大約每分鐘有一百三十個數碼。因爲雜音多，點畫不太清晰，但還能辨認。

「請回答。」對方結束道。

大康立即開始回叫，他的大手趴在鍵鈕上，一個字母一個數碼地打著。他不是快手，每分鐘只能發八十個數碼。但他的食指、中指和拇指十分有力——每當他發報，連電鍵的鋼座都在桌上移動。他左手扶住鍵座，果斷地敲擊著回叫信號。他粗粗的手腕上下抖動著，同時發報機頂上的小紅燈也在不停地閃動。

對方沒聽到大康，又重新呼叫。這會兒噪音少了，信號變得清晰了些。由八個數碼和字母組成的呼號一遍又一遍地重複著，形成一支歡躍的曲調。大康豎起耳朵細聽。那邊肯定是臺長，他從來沒遇到過這樣的高手。當然，自動發報機每分鐘能清楚地打出一百八十個數碼，但那種快機聽起來很單調，毫無性格，尤其是在夜裡，聽得越久，睡意就越濃。今晚對方可是個賽過快機的神手。

大康再次回叫。受了對方的感染，他盡力加快速度，掙扎著敲打膠木鍵鈕。鍵鈕在他汗津津的手裡變得滑溜溜的，他屁股下的椅子吱吱作響。

這是一個不順利的夜晚，對方就是聽不到他，一次又一次地呼叫著。大康不停地回叫。四十分鐘白白過去了，對方開始沉不住氣，本來很動聽的旋律逐漸地失去了節奏，數碼打得又急又快，幾乎不可辨認，聽起來像雨點落在鐵皮上。大康一向有耐心，卻不禁擔心起來。

十一點左右，電話突然響了。大康拿起話筒：「喂。」

「喂，」一個甜滋滋的女音說，「這是軍區臺。同志，醒醒。你在機上聽見我了嗎？」

「聽——聽到了。」大康驚訝地頓住，喉嚨緊繃，心被提了起來。誰能想像三更半夜會有女人給邊境線上打電話呢？「我聽——聽到你了，」他強迫自己說，「我沒睡過去，一直都在回叫。」

「對不起，別往心裡去，我跟你開玩笑呢。我們是不是換到第二套頻率上去？」她的聲音聽上去很愉快。

「行——行啊。」他的舌頭不好使了。

「那麼再見。機上見。」

「再見。」

她掛上了電話。大康愣在那裡，還攥著話筒。那個甜蜜的聲音繼續在他耳朵裡迴盪：「對不起，別往心裡去……」

呼叫信號再度出現，這次恢復了原先的流暢，但一點一畫跟剛才都不一樣了，彷彿是那個女人專為他送來的情意綿綿的話語。

「請換頻率。」她結束道。

大康使勁晃晃腦袋，趕緊到新頻率上去找她。不費勁他就找到了對方。他全身都緊張起來，電波的漣漪像是仙樂，輕輕地搖著他。夜深人靜時能和女同志一起工作是多麼美好啊。如果她能像這樣給他發上一個小時就好了。可惜她停下說：「請回答。」

大康的手顫抖起來，伏在電鍵上像隻小烏龜，抖出一個個斷斷續續的電碼。他罵自己的手，「快點兒啊，膽小鬼！這又不是打仗。」他用一張電報紙擦去額頭上的汗水。

眞遺憾，不到一分鐘她就聽到了他，並簡潔地回答：「沒有情況，十二點機上見。再見。」「再見。」大康只能這樣回答。紀律規定報務員不准多發一個點畫，因爲在空中待的時間越長，就越容易被敵人確定我軍的發報地點。

大康有些茫然，抬起頭看看牆上的鐘，才十一點十分，要等五十分鐘才能在機上跟她重遇。他的心思漸漸地生了翅膀，飛向瀋陽。那姑娘叫什麼名字？笨蛋，竟忘了問她。她有多大？聽上去眞年輕，肯定是二十歲左右。沒錯，她的聲音那麼悅耳，準是個好姑娘。她長得什麼樣？漂亮不漂亮？受過良好的教育嗎？聰明嗎？那音聲說明了一切——女人該擁有的她全都有。她長得好看嗎？又高又苗條？一對大眼睛？當然，在機上才一個遭遇怎麼可能知道那麼多，總得花上一段時間才能搞清楚。他相信最終會熟悉她，因爲從現在起他們每天夜裡將在機上碰頭。

鐘走得這麼慢，像是有意躲避一個不妙的結局。大康不停地看鐘，渴望著一眨眼就能到幽會的午夜。

突然有人敲門，蔣臺長走進來。他打著呵欠說：「小康，你去睡吧，今晚兒我早醒了一會兒。」

大康站起身，不知說什麼好。他強迫自己笑笑，結果把臉扭變了形。

「出什麼事了？」臺長問。「你惺惺得像隻山貓。」

「沒事，一切正常。」大康無奈地拿起皮帽子，帶著幾分沮喪，拖著兩腳走了出去。夜餐的那顆蘋果也忘了拿。

他怎麼能睡呢？他第一次有這樣一種感覺——好像什麼東西在撫摸著他的每一吋皮膚。房間的另一邊睡著孫民和石偉，一個在打鼾，一個在說夢話。

「我跟你開玩笑呢，我跟你開玩笑呢……」那甜蜜蜜的聲音不停地對大康耳語。他緊閉眼睛，搖了搖頭，想把她驅出腦海，好睡覺。但這是徒勞的。她離他這麼近，好像就坐在他的床邊，在黑暗裡悄聲細語，還哏兒哏兒地笑。

漸漸地他順從了，任憑她逗弄自己。

他最想知道的是她長得啥樣。他努力回想起自己所認識的姑娘，可記不起一個漂亮的來。當然他有姨、嬸、表姊、表妹，還記得一些姑娘曾跟他一起鋤玉米、割穀子，但她們跟他的男親戚們以及男社員們沒什麼兩樣，人人都像牲口一樣幹活兒，沒有說話不帶髒字的。

他所見過的最漂亮的女人是電影裡的演員們，特別是那些唱革命樣板戲的，但她們大多數都超過四十歲了。哎！《白毛女》中的喜兒怎樣？對呀，她可是個出色的芭蕾舞演員，苗條、俊俏。她腳尖兒多靈巧啊，不沾地兒似的在舞臺上蹦蹦跳跳，一踢腿，腳就過了頭頂。還有那細腰，充滿著反抗精神。她的身段多勻稱！但她的聲音甜美嗎？沒人知道，她表演時不開口說話。

不行，她不合適。大康不能接受嗓音不動聽的姑娘。還有，那演員長著一頭白髮，像個老太婆。她眞夠怪的，頭怎麼白成那樣？

那麼《紅燈記》裡的李鐵梅呢？嗯，挺好。她是不是太小了呢？十七歲了，可以嫁人了。他最喜歡她的那條烏油油的大辮子，一直拖到腰根下面。但她是不是太瘦了？準沒力氣幹活兒。她的鷹鉤鼻子有些窄，看上去不是什麼福相。更糟的是她的聲音太尖，對著滿場的觀眾唱京戲倒滿合適，可是誰敢跟這樣的姑娘吵架呢？生活中她一定是個「小辣椒」。不行，他得另找一個。

有了——他在紀錄片中見過一個女體操運動員在高低槓上表演。她那既柔軟又健壯的身軀伸展、飛躍，甚至還翻空翻。沒說的，這是個健康而富有生命力的姑娘，不是風一吹就倒的資產階級小姐。看電影時，他沒看清她的臉，說不出她的長相。嗐，這個女人也不行，至少目前先放下。

暖氣管發出叮噹聲，暖氣包絲絲作響，蒸氣從一個漏孔冒出來。四點了，鍋爐房開始送暖氣了。

天就要亮了，大康擔心起來，強迫自己睡點兒覺。但那聲音就是不離開他：「同志，醒醒吧。你在機上聽到我了嗎？……」而且它更歡悅，更親密了。別傻了，他罵他自己。二百五——讓一個聲音迷成這樣！忘了它，趕緊睡覺。

不一會兒，他進入了夢境——他和一個年輕的女報務員結了婚。兩人都在他家鄉的郵電局工作。他們住在一座小房子裡，石砌的院牆，鐵欄杆的前門。院子裡種滿蔬菜和水果，扁豆寬得像鐮刀，桃子胖得像娃娃的臉。家禽遍地，三十六隻雞，二十隻鴨，八隻鵝。誰是他的新娘子？他沒看清，只見到她的背影——一個高高的、健壯的女人，梳著條大辮子。

吃早飯時他有些頭暈，搞不清自己到底睡沒睡覺，也不知道那個紅紅火火的家園是夢還是幻覺。多麼荒唐啊！他從沒愛過女人，卻一下子熱戀上一個聲音。他初戀的對象是一個陌生的聲音。他恐慌不安，拿不準這是愛呢，還是發神經。別人戀愛的時候也是這樣嗎？他覺得惡心，好像生病了。要多久才能擺脫這種狀態，或習慣它呢？

上午他本該好好補覺，攢足精神上夜班，可那聲音伴隨著電波的呼叫聲在他的耳邊不停地低語。他一再強迫自己想想別的事，但實在想不起什麼有趣的事來。他不敢抽菸，怕在同屋睡覺的蔣臺長發現他整個上午都醒著。

下午，臺裡學習毛主席的《反對自由主義》，大康心神不定，盼望夜晚快點到來。他眼前的字句漸漸地糊成一片。輪到他讀時，大家奇怪地望著他上氣不接下氣的樣子，鼻子裡呼哧呼哧地像拉風箱。他讀完一頁，孫民說：「大康，你一定得了重感冒。」

「是，是挺重的。」大康用塊兒報紙擤擤鼻涕，心裡又苦悶又懷有希望。也許跟那女報務員一起多工作幾回，他會慢慢地好起來。萬事起頭難，好事就得多磨。眼下他必須耐心，幾個小時後，他就會進入另一個世界。

老天眞殘忍啊。整個晚上都是另一位報務員同他聯繫。大康絞盡腦汁地想了六個小時也想不出她上什麼班。接下來的三個晚上也是同樣沒有收穫。大康矇了。每天夜裡他不能自禁，久久地琢磨著那個神祕的女人——所有的女人。但白天他卻顯得十分安靜。儘管心裡焦渴，他不敢向任何人透露這件事。多丟人啊——竟讓一個沒見過面的女人迷上了。眞蠢！在那個女人的眼裡，他就像用過的水，潑掉就算了。不是嗎？她根本不想知道他是誰。一個住在大城市的漂亮姑娘，也許被軍區裡一大群精悍的參謀、幹事們圍著，她怎麼能看上他這麼個笨頭笨腦、鄉里鄉氣的丘八呢？他知道自己是癩蛤蟆想吃天鵝肉，可又管不住自己。

星期六上午，大康正在床上打盹兒，石偉把他叫醒。「大康，幫老弟一把。」

「什麼事？」

「今天上午電報太多了，我整整抄了三小時，實在忙不過來了。」

「好，我就來。」快十一點了，也該起床了。他起來後用濕毛巾擦了把臉。

大康剛走進報務室就直直地愣住了。這是她！他盼了多少天啊，多麼悅耳的信號，像是正對一大群人驕傲地高歌，好像每點每畫都充滿著情意，邀請他來破譯其中的祕密。她發報的風格在大白天裡顯得多麼清越。大康完全沉入由電波和清脆的語音組成的交響樂中……「喂，這是軍區臺。同志，醒醒。你在機上聽到我了嗎？……」

「你怎麼了？」石偉拍了他肩頭一下。

「噢，沒事。」大康喃喃地說，向桌子走去。「從來沒碰到這樣的高手。」

「當然了，他報發得眞漂亮。」

大康沒有時間告訴石偉那是個女的，不是男的，因爲收報機在說：「請準備好。」

大康開始迅速地把一串串數字寫下來。開始他抄得不錯，但一會兒就走了神。他渴望欣賞電波的節奏和她的手法的特有旋律，所以不時地漏掉一些數碼。更糟糕的是，那個聲音跳出來干擾他……

「對不起，別往心裡去，我跟你開玩笑呢……」

這份短報結束了。「重複？」她問到。

「是，有干擾，」大康緊張地敲擊著。「第四行中第八組，第六行中第三到第七組……」此時，石偉仔細地觀察他，驚訝地發現大康這個比自己強的收報員，竟然抄不下來這份發得清清楚楚的電報。這邊根本沒有干擾，他為什麼用「干擾」作藉口呢？大康意識到石偉在注視他，汗都冒出來了。他急忙把這份報做完，下了機。

他在電報上簽了字。石偉問他：「你沒事吧？」

「我不知道。」他覺得很窩囊，站起來，趕緊走了出去。

又是一個毫無收穫的晚上，又是一個失眠的夜。大康覺得快頂不住了。星期天晚上，他把實情告訴了石偉和孫民，他們正好都在報房裡。

「石偉，你知道嗎？瀋陽的那個高手是個女的，不是男的。」他本打算好好說說這件事，把它講成一個故事，但沒想到一句話就講完了。一種奇怪的心緒使他滿臉通紅，紅到耳根。

「真的？」石偉大聲問。「不是開玩笑吧？你怎麼早不告訴我，康大哥？」

大康笑笑。孫民弄不清他倆兒在說誰。「哪一個？」

「最棒的那個。」石偉的聲音透著激動。「誰敢相信一個姑娘報發得這麼好？大康，告訴我，你怎麼知道她的？」

「她給我打過電話，因為在機上聽不到我。」他驕傲地宣布。

「她叫什麼名字？」石偉問。

「不知道，要是知道就好了。」

「肯定是個頂呱呱的妞兒。我得去瀋陽會會她。」

「行了，別吹牛，」孫民說，「我倒要看看你怎麼去會她。」

「你等著瞧吧。」

大康沒料到石偉對她這麼有興趣，後悔透露了實情。如果石偉要插一腳，大康只得退步。石偉籃球打得好，錢包裡裝著半打姑娘的照片。他說她們都是他的女朋友。此外，他父親是海軍的師政委，石偉在城市長大，見過世面。最不能和人家比的是，石偉花錢如流水。大康怎麼能是這個機靈、神氣的傢伙的對手呢？

這個新的進展讓他整個晚上坐立不安。他在報房裡走來走去，不斷地抽了兩個小時的菸。最後，他決定要弄清那個女報務員到底是誰。他拿起電話要了瀋陽軍區，周折了半個小時才接通。

「喂，這是瀋陽，你要哪裡？」話務員睡意濃重地問。

「是……是這樣，」他費勁地說，「我要……無線電臺，是同虎頭聯繫的那個。」

「什麼是虎頭？部隊番號嗎？」

「不是，是個縣名。」

「噢，明白了。請告訴我你要通話的那個電臺的號碼。」
「我不知道它的號碼。」
「那我就幫不了你了。我們有上百個電臺，安在不同的城市和山裡。你得告訴我號碼。先去找號碼，再打過來。行嗎？」
「嗯，行。」
「再見吧。」
「再見。」
這事就這樣了結。他事先準備一些巧妙的問題，好打聽那女報務員的情況，但所有的問題一下子從他腦子裡全消失了。多蠢啊——居然以爲軍區只有十幾個電臺。現在該怎麼辦？沒有她的地址，他不能給她寫信，即使有了地址，他也不會寫情書。老天爲什麼這麼無情啊？現在唯一的途徑是同她在空中相遇了，可他還沒有搞清她那變幻不定的班次。
換了值班時間後，他的情形並沒有任何改善。大康現在值下午班。無論他怎麼使自己工作得筋疲力竭，夜裡上床後他還是久久地醒著，琢磨著一個又一個女人。他的夢也作得越來越大膽。每天夜裡，他那個用內衣塞成的枕頭，一點一點地從頭下挪到他的懷裡。他被不休止的問題折磨著……親吻、撫摸女人是什麼滋味兒？女人身上也有體毛嗎？他是個正常的男人嗎？他能讓女人滿足嗎？夜裡像他這樣大汗淋淋又春欲燃燃的樣子，該不是得了神經病吧？他能跟女人生孩子嗎？

每當他從破碎的睡眠中醒來，那個神祕的聲音都要迎接他，「同志，醒醒。你在機上聽到我了嗎？……」這聲音在他身上越扎越深，像是從他內臟裡發出來的。在這些狂躁的夜晚，他發現蔣臺長每天要叫石偉三次才能把他叫醒，石偉值後半夜的班。

白天，大康腦袋發木，覺得自己是瘋了。一抄報他就會驚慌失措，因爲那個悅耳的信號和那溫柔的話語，一次又一次地闖進他的腦海，逼著他停下抄寫的鉛筆。要是他的心能再平靜下來該有多好啊。那種安寧的心境似乎已經很遙遠，彷彿屬於他的童年，一去不復返。甚至上午收發報訓練也成了受罪的事。過去他每分鐘能寫下一百六十個數碼，現在掙扎著也只能寫一百一十個。每當他們坐下學文件，讀報紙，同志們就會到他眼前晃晃手，試試他是不是又走了神。一個說，「大康，你怎麼像丟了魂似的？」另一個說，「你迷迷糊糊地看見了什麼，仙女？」

在這種場合大康只能嘆口氣。他不敢對任何人提起這場荒唐的「戀愛」。他怕挨批，被扣上資產階級自由主義的帽子或者成爲笑柄。

一天上午訓練期間，教員韓杰看看大康抄的報，搖頭自語：「難怪機要股不滿呢。」

忽然，大康意識到自己成了無線排的累贅。一陣劇痛抓住了他的心。很明顯，團部的機要員們對他的工作不滿意，並向連裡做了彙報。都是這場愚蠢的「戀愛」把他搞到這個地步。他得設法制止它——忘掉那個女人和她誘人的聲音——不然的話，他怎能生存下去呢？儘管他心裡要擺脫她，但他不知道該怎麼做，也不情願去做。

兩週後的星期四晚上，蔣臺長在臺裡召開緊急會議，沒人知道是爲什麼事。大康很害怕，覺得可能是衝他來的。這祕密遲早要暴露的。他會不會夜裡說夢話洩漏了實情呢？他後悔在電報本反面畫了三個女人。蔣臺長一定看到了。如果臺長問起那張畫，他該怎麼回答呢？

會議跟他無關。當蔣臺長要石偉交代在凌晨所幹的事時，大康鬆了口氣。他和孫民一樣，對這次會議很納悶兒。石偉堅持說自己沒做什麼錯事。

「你不誠實，石偉同志。」臺長說。

「蔣臺長，別——別這麼說，」石偉看上去有些緊張，「我工作上沒出錯啊。」

「你知道黨的政策：坦白從寬，抗拒從嚴。現在全看你自己了。」

「爲什麼？」石偉好像有些摸不清頭腦。「這是對階級敵人的政策，我是你的同志，不是嗎？」

「不要裝出一副清白的樣子。告訴大家實情吧。」

「我眞的沒做什麼錯事。」

「好吧，讓我來告訴你。」臺長的聲音變得嚴厲起來。「你被監聽站逮住了。你覺得自己很聰明。要想人不知，除非己莫爲。你自己看看這份報告吧。」他把內部通報扔給了石偉，也給大康和孫民每人一份。

標題是「無線報務員在空中搞戀愛」。大康心抽緊了，翻過頭一頁讀到：「從十二月三日起，凌晨一點到五點，五團的一名報務員和瀋陽軍區三十六臺的一名報務員在空中搞戀愛——」

大康震呆了，厚嘴唇微張著。他想不到石偉會走出違反軍紀的一步。通報上印出了一段他們的情話：

這是石偉。你的名字？

麗麗。你從哪兒來？

大連。你呢？

北京。

你多大？

二十一。你呢？

二十二。真愛你的手。

為什麼？

那麼靈。

為什麼？不愛我嗎？

當然愛。

！

愛我嗎？

也許。

……

大康想哭，卻不得不控制自己。他看到石偉臉上沒了血色，汗珠從那平滑的額頭上滾了下來。同時，孫民則咬著下嘴唇，極力不讓自己笑出來。

「現在你還有什麼要說的？」蔣臺長問。

石偉垂下眼睛，一聲不吭。蔣臺長宣布：連裡已經決定在最後處分下達之前，先撤銷石偉的工作。從現在起，石偉每天到連部學習室報到，寫交代材料和自我批評。

雖然大康現在每天要多工作兩小時來補石偉的班，他卻不指望與麗麗相遇了。通報上沒有提她姓什麼。很明顯，她的命運肯定同石偉一樣——離職寫檢查。可是，她手指留下的曲調和她可愛的聲音依舊伴隨著大康。實際上，它們對他折磨得比以前更深了。他逼自己罵那個麗麗，想出各種糟踐女人的醜事安在她身上，以便把她從自己身上除掉。他把她想成「破鞋」，一條對所有公狗都抬尾巴的「母狗」，一個讓所有正經男人都迴避的「母夜叉」，一個專吸好人血的「白骨精」。但他仍舊不能甩開她。只要一上機收報，他就被她插進來的話語勾住了。「對不起，別往心裡去。我跟你開玩笑呢……」好難受啊。這份痛苦在他心裡扎得那麼深，甚至與同志們說話的時候，他都能聽出自己在呻吟。他恨自己無力的聲音。

石偉的處分一個星期後宣布了，他和王麗麗被勒令復員。這回，麗麗的姓也公布了。令大康吃驚的是石偉不但沒哭，而且滿不在乎。人家吃睡不誤，照常抽名牌菸。爲什麼石偉對退伍不當回事呢？大康尋思有兩個原因：一是有他的老子做後盾，回大連找個好工作肯定沒問題；另一個是退役倒幫了石偉的忙，使他可以公開跟王麗麗談戀愛，現在他倆是栓在一根線上的螞蚱了。石偉的運氣眞不壞，沒有白復員。看起來他很快就要去瀋陽，跟王麗麗甜甜蜜蜜地會一會。

臺裡打算給石偉送行。雖然勒令退役不很光彩，但大家畢竟同他在一起工作快一年了，跟他處得還不錯。大康想了好幾天，應該給石偉什麼樣的紀念品呢？最後他選了一對枕巾，花去了他半個月的津貼，四元整。這段時間，他依然是雲裡霧裡的，頭皮發麻。現在不僅是收發報讓他害怕，甚至任何一個電報信號都會使他起一身雞皮疙瘩。他有了一個新的習慣——狠狠地咒罵自己，罵自己痴心亂想，迷戀上那個感情無常的女人，讓自己墮落成一具行屍走肉。但夜裡他又情不自禁地一遍遍地念叨她的名字。

四位無線排的老兵參加了送行會。蔣臺長送給石偉一個相冊，孫民送他一雙尼龍襪。當大康把那對枕巾亮出來時，大夥兒爆笑起來。兩條枕巾上都繡著一對鴛鴦和一行紅艷艷的字，一個說「幸福生活」，另一個說「甜蜜夢境」。這對花稍的枕巾使屋裡炸了鍋，花生殼和梨核撒了一地。

「你可眞會開玩笑，大康，」石偉說著拎起一條枕巾在胸前比量起來，「你以爲我回去辦喜事呢？」

「爲什麼不呢？」大康笑了。「你不去瀋陽嗎？」

「去那兒幹啥？我誰都不認識。」

大康騰地站起來，地板似乎在他的腳下搖晃著，淚水一下子湧上來。他左手按住桌角，右手操起一個牙缸把裡面的啤酒灌進嘴裡。他放下牙缸，轉身朝門外走去。

「你上哪兒？」蔣臺長問。

大康沒回答，逕直衝出門。他要在雪地上跑上幾個鐘頭，一直到跑不動爲止。可是他停住了。操場上，十幾個架線排的戰士正在練習不穿勾鞋爬電線杆。他身後的青磚房後面豎著個高達三十米的天線，是由三根電線杆連接而成。那是這些戰士為他們電臺站架設的。東北面，冰雪覆蓋的烏蘇里江上露著一串暗綠色的氣孔，冒著縷縷白氣。夕陽灑在田野和山坡上，給大地鋪上一層閃著金光的幕簾。棕灰色的森林延著山脈起伏、伸延著，漸漸地消失在遠去的地平線上。天太高了，地太闊了。大康深深地吸了口氣，寒氣在他胸膛裡引起一陣清新的攣縮。他第一次覺得一個人是多麼渺小啊。

當天晚上，他給連黨支部寫了封信，請求領導把他調到架線排去。他沒說明理由，只是說他腦子有點兒退化，不大好使了，不能再收發報了。信是這樣結束的：

如果我不能用自己的腦筋為革命事業和祖國出力，至少可以用我的雙手，它們還是年輕健壯的。請把我從無線排調走吧。

寫完信，他哭了，手上沾滿了淚水。他過去一直以為退伍後可以在郵局或火車站當個報務員，過上體面的生活，但現在他把自己的前程毀掉了。多難受啊，愛上別人又不得不放棄。如果他能忘掉那女人的聲音和她發報的風格就好了。不管能不能，他必須忘記。

龍頭

1

關門村在虎城縣北面，兩地相距二十里。駐進村裡的第一天晚上，我遇見了龍頭。我們營部安置在一個土坯砌成的小房裡。由於邊境局勢緊張，地主成分的房主被遷往內陸了。我們剛剛搬進去，一連連長林雙虎就帶來一位民兵。他們進屋後，摘下皮帽，用帽子撣掉身上的雪花。這位民兵解開藍大衣，兩把盒子槍掛在脅間，那槍大概是從日本人手裡繳獲的。他身材高大，肩膀寬寬的。煤油燈的火苗撲動著，把他那巨大的、搖曳不定的身影投在白牆上。屋裡頓時變得更暗了。

「這是民兵連長龍雲。」林雙虎向我介紹。他又對這位民兵說，「這是高營長。」

「你好。」我伸出手。

「見到你眞高興。」龍雲說著把棉手套放在桌子上，我們握握手。他的手掌和手指粗糙得像砂輪。「你就叫我龍頭吧。我的戰士們都叫我龍頭，因爲我姓龍。哈哈哈……」他開懷大笑，舉手抓了抓頭髮。他的直鼻梁和被雪打濕的小鬍子下面露出兩排方正的、帶茶銹的牙齒，一雙鼓脹的眼睛炯炯放光。好一副無拘無束的樣子，露出一腔東北漢子的豪氣。我也笑了，龍頭眞有意思，把他的民兵當作正規軍。

「高營長，」林雙虎說，「我們連全住下了，分散在十七戶人家。我們的火炮和卡車停在三小隊的打穀場上。幸虧龍頭幫忙，要不一部分人今晚得睡在雪地裡，明天早上就會凍成肉拌子了。」

「不要客氣嘛，林連長，」龍頭說，「你們是人民的軍隊，咱們自己的隊伍。你們來這兒保衛祖國，保護我們的家園，我們怎能讓你們睡在雪地裡呢？我們的房子就是你們的房子，我們的炕就是你們的炕。」

「說得好，民兵同志。」教導員刁樹說著走出裡屋。他舉起手，繼續說，「正如毛主席教導我們：『軍民團結如一人，試看天下誰能敵！』」

我向前邁了一步，要給他倆介紹一下。刁樹打了個手勢攔住我，說：「兩個小時前我跟他見過面。」他轉向龍頭，「眞高興又見到你，龍同志。噢，我怎麼能忘了『龍頭』！眞是個雷鳴般的名字。從現在起我們是朋友，也是戰友了，對嗎？」

「對，當然是。」龍頭看起來很高興，嘴角一咧又笑開了，兩手插到脅間的皮槍套後面。

他倆走後，我和刁教導員分別出去檢查三個連的住宿情況。他查看村西，我去村東。黑壓壓的一群烏鴉飛過去，呱呱亂叫，漸漸地消失在靛藍的夜色裡。星星剛被雪花擦洗過，吊在陰沉的天空上。煤油燈一盞又一盞地從低矮的房子裡亮起來。空中飄來一陣新鮮的玉米餅味兒，滲雜著牛糞的氣息。

關門村裡大約有二百三十戶。我們營有三百零四人，分別住在九十戶人家。我們是新組建的炮營，三個連來自三個不同的野戰軍。我們帶著新式的加農炮來到邊境，以加強五團的反坦克火力。看來戰爭即將爆發。我們準備好要與蘇聯打仗，每一個戰士都寫了血書表達保衛祖國的決心。來虎頭之前，我給家裡寫了信，告訴妻子如果我回不來，她應該改嫁，但是她必須把兩個孩子撫養成人。戰士們對嚴酷的環境毫無怨言——沒有營房，吃不到鮮菜和魚肉，再加上來自西伯利亞的風雪。眞艱苦啊。

作爲一營之長，我有責任使每個人都有個暖和的地方睡覺。那天晚上，我同三連五班一起吃的晚飯——高粱米和燉凍蘿蔔。他們駐紮在關門村的最東頭。

爲表達對村民的感激，第二天晚上我們放了場電影。大家聚集在村子中心的市場上，興奮地等著看《鐵道游擊隊》。一臺小發電機嗡嗡地響著，兩只燈泡閃閃發光，分別掛在支撐著銀幕的柱子上。老頭、老太太們叼著長菸袋，坐在小板凳上，都穿著皮大氅。年輕的母親們抱著用小被子裹著的嬰兒；婦女們戴著口罩，呼散出一團團白氣。孩子們在人群中跑來跑去，有幾個坐在光禿禿的樹杈上，等著電影開演。

我們的三個連剛坐下，龍頭的人馬就到了。他們唱著〈永握革命的槍〉，邁著整齊的步伐繞過人群，進入銀幕前面的場地。大約有七十個民兵，每人肩上都扛著武器——蘇式三八大蓋兒、美式卡賓槍、三挺日本歪把輕機槍、一門六〇小鋼炮、一對反坦克地雷、一枝火箭筒（這是他們最先進的武器）。有些戰士跪起身來，要好好看看前面的民兵。龍頭注意到大家的目光，就讓他的隊伍在前場原地踏步足有一分鐘，然後大聲命令：「坐下！」他們刷地坐到地上。令我吃驚的是大多數民兵都穿軍裝，龍頭也不例外，雖然都沒戴領章和帽徽。他們好像要刻意仿效正規軍。

民兵們剛坐下就唱起〈打倒蘇修新沙皇〉。在他們不和諧的歌聲中，有一個深沉、轟鳴的嗓音帶領著眾人，像在拖著他們奔向一個難測的結局。我聽得出來那是龍頭的聲音。

他們一唱完這首歌，龍頭就跳起來扯著嗓子喊：「解放軍——」

「唱支歌！」他們齊聲叫道。

「解放軍——」

「唱支歌！」

二連開始唱一首毛主席語錄歌：「誰是我們的敵人？誰是我們的朋友？這個問題是革命的首要問題。中國過去一切革命鬥爭成效甚少，其基本原因就是因爲不能團結眞正的朋友，以攻擊眞正的敵人。」

二連剛唱完，沒等這邊拉歌，民兵們就主動唱起另一支毛主席語錄歌：「革命不是請客吃飯，不是做文章，不是繪畫繡花，不能那樣雅致，那樣從容不迫、文質彬彬，那樣溫良恭儉讓。革命是暴動，是一個階級推翻一個階級暴烈的行動。」這一次龍頭站在隊伍前面，揮著拳頭打拍子，腰間那對盒子槍撲閃著像一對小鷹。

我們沒有時間再回唱一首，電影就開演了。笑聲和掌聲在靜夜中起起落落。

刁教導員和我都十分忙。白天他基本上都在三個連裡組織學習毛著和中央文件，而我則忙著練兵，好使各連能在嚴寒裡有效地操作火炮。我們必須認真訓練。這裡離烏蘇里江僅有十五里，蘇軍的坦克開到關門村只需半個小時，我們必須能在短時間內進入作戰狀態。我營的戰士是我帶過的最好的兵；訓練了三個星期後，我們二十分鐘內就能作戰。

一天早飯後，我和通訊員劉曉兵剛要去二連檢查，二連連長馬一彪突然衝進營部。「該殺的，高營長，該操的龍頭，這個雜種！」他恨恨地罵著，直喘粗氣。

「老馬，出了什麼事？」我問。

「我們連裡六個人丟了帽子！」

「別急，慢慢說。到底是怎麼回事？」我們正說著，刁教導員從內屋走出來。

「今天早上跑完操後，」馬連長紅著臉說，「一些戰士去上廁所。六人一蹲下去，一個戴大口罩的傢伙就進來了，一個一個地摘下他們的帽子，就跑掉了。」

「什麼？六個人就那樣被搶了？」

「是呀，眞丟人啊。他們還以爲人家在開玩笑呢，光說『好漢不打蹲漢』，等明白過來了，已經太晚了，那個流氓早就沒影了。」

「他是什麼人？」

「還用說嗎？一定是龍頭的人。除了他們誰還要軍帽？」

「我這就去找龍頭。」

「老高，等一下，」刁教導員說，「不要頭腦發熱。行動之前我們得先全面考慮一下。」

「幹嘛把事情搞得這麼複雜，教導員？」馬連長不解地問。

「如果我們不把握好分寸，就會破壞軍民關係。目前這是最關鍵的事情。」

「老馬，我覺得教導員想得對，」我說，然後轉向刁樹，「你認爲該怎麼辦？」

「我建議今晚咱們開個會，討論一下該怎麼做。在這之前，我們先保持沉默。」

我們都同意了。然後我和馬一彪一起去了二連的炮場。炮場設在一個小足球場上。戰士們正在練習間接射擊。六門炮一行排開，但第三門上仍蓋著帆布炮衣。馬連長指著它說：「看吧，三班有四個人沒有帽子，所以這門炮就閒著。」

我又火了，直接去了三班。在一間小屋子裡，六名光著頭的士兵坐在三條長凳上，在學習毛主席的《論持久戰》。他們見我進來，一個個把頭垂得更低了。我坐下來，問他們那個強盜長得什麼樣。

「我們看不到他的臉，高營長，」三班長李長林說，「他戴了一副墨鏡和一個大口罩。」

「他有多高多大？」我問。

「差不多有一米七〇，細溜溜的。」

「我看見他腮幫子上有個痦子。」一位小個子說。我記得這位戰士的名字叫丁智。

「我也看見了那個痦子。」另一個人補充一句。

「你說是這塊兒嗎？」馬連長問，指著耳垂兒下方。

「對。」他倆點點頭。

「操他奶奶的，那是王四，龍頭的保鏢！」

「好，我們弄清了他是誰。」我說。「你們在帽裡寫沒寫下自己的名字？」

「沒有。」他們全搖搖頭。

「讓所有人都在帽子裡寫下名字。」我告訴馬連長。

不知道下一步該怎麼辦，我們離開三班又回到炮場。我對二連的間接射擊訓練不滿意，但並沒說什麼，因爲掌握這種技術需要時間，而我們通常採用直接射擊來對付蘇軍的坦克。

那天晚上所有的連長、指導員在營部開了會，會議由刁樹主持。一開始，大多數人主張跟龍頭正式會談，要他退還帽子並保證以後這類事不再發生，但刁教導員不同意。他說：「同志們，我們必須考慮這件事與全局的關係，如果從這個角度來看，六頂帽子是小事一樁……」

「問題不在帽子，」我接過話茬，「如果我們有多餘的，就是六十頂我也會給他。因爲沒有帽子戴，一個班無法出門。假如現在出現緊急情況，一門炮就自動作廢。這不荒唐嗎？」

「老高，你的意思我完全明白，」刁教導員說，「等我說完，看看我說得有沒有道理。」他轉向所有人，繼續說，「咱們住在村民家裡，大家都知道龍頭是什麼樣的人，全村都得聽他的。如果我們跟他鬧翻了，這就意味著全村老百姓將跟我們過不去。咱們來這裡是跟蘇軍打仗的，沒有時間和精力去對付龍頭。目前，蘇軍是咱們的敵人。同志們，我們必須學會團結一切力量來打擊咱們的主要敵人。

「還有，請大家好好想一想我們的處境。咱們是五團唯一新建的營，也是唯一的炮營。假如戰爭爆發，咱們肯定是與蘇軍坦克對抗的主要力量。我並不擔心這一點，因爲咱們的火炮是反坦克炮。可是如果蘇聯的步兵打過來搶佔炮兵陣地，咱們該怎麼辦呢？你們以爲團部會派一個連來保護咱們嗎？

我覺得不太可能。大家都知道咱們周圍沒有任何步兵部隊。那麼咱們自己有足夠的火力阻擋敵人的步兵嗎？我覺得也不可能。龍頭有一個民兵連，雖然裝備不精良，但這是僅有的援軍。只要咱們使龍頭高高興興的，這個民兵連就會聽咱們的調遣。龍頭喜歡打仗，那好，我們就利用他的積極性。的確，丟失了六頂帽子使一門火砲啞巴了，但從全盤考慮這不過是一件小事。我想就是真的丟掉一個班，也不如把龍頭的民兵連掌握在咱們手裡重要。現在請大家各抒己見吧。」

我們還能說什麼呢？誰能反駁這麼遠謀深算的腦瓜呢？大家一致同意他的意見，把帽子的事放下。我很佩服刁教導員的韜略，打心眼裡尊敬這個精悍的小人兒。

雖然我們沒有跟龍頭爭執，我對他的火氣並沒消失。土匪，我在心裡罵他。如果這是在舊中國，龍頭準是個小軍閥。一天中午我在村裡的小賣店前碰到他。他精神抖擻地走過來，後面跟著兩個保鏢。我不由自主地瞪著他，他一定覺察到我目光中的怨忿。他掃了我一眼，右手刷地抬到太陽穴，行了個軍禮。他的兩個保鏢立即也給我敬禮。我不得不舉手回禮。他們走過去，像是在巡邏。

春節要到了，我們有些焦慮。三個連新來乍到，沒有底子，這個年可怎麼過啊？戰士們一定會想家，士氣也會低落。怎麼才能使他們不想家，歡歡喜喜，吃得好，玩得痛快呢？雖然節日期間我們要保持一級戰備，但我們必須會餐，讓每個戰士在自己的連隊裡放鬆一下。團後勤部送來了四百斤豬肉，對三百多號人來說這實在太少了。怎麼才能解決這個難題呢？刁教導員和我都心急火燎的。

這回龍頭救了我們的駕。臘月二十八上午，一大幫民兵來到營部門前。他們在前院吹嗩吶，敲鑼打鼓，還放了兩串鞭炮。教導員和我趕緊出去觀看，只見一面大紅旗迎著北風呼啦啦地飄著，上面印著金字：「關門村民兵連」。每個民兵都背著步槍，一團團熱氣從他們的嘴和鼻孔呼出來。龍頭站在隊伍前面，左手插在盒子槍後面，猛地舉起右手，隊伍隨即向兩旁閃開。接著十對壯漢抬著十頭野豬走過來。豬全都倒掛在扁擔上，捆著四蹄。他們把凍豬一頭一頭地擺成一行，橫在地上。第一頭豬身上包著紅紙，上面寫著毛筆字：「獻給親人解放軍！」

我很感動，過去跟龍頭握握手。刁教導員高興壞了，他握著龍頭的手說：「我們萬分感激，龍頭同志。我們絕不會忘記你們的心意和信任。」

「給子弟兵最好的年貨是我們的職責。」龍頭說，抹掉鬍子上的冰霜。

「龍頭，」我說，「我們不能白拿，告訴我多少錢一頭。」

他皺皺眉頭。「高營長，這是什麼意思？你這是把我們當外人呀。那好，你要買，我們還不賣呢。」他舉起手要下命令把野豬抬走。

「等等，等等，」刁教導員急了，「龍頭，高營長並不是把你當外人。毛主席教導我們不拿群眾一針一線。你知道，我們必須按照毛主席的指示辦事。老高問價錢也沒錯，但他忘了這些野豬不是來自一般群眾，而是來自另一支部隊，來自我們的戰友們——龍頭的連隊。請不要誤解，我們真心地接受你們的好意和禮物。」

「這話說得還中聽。哈哈哈……」龍頭仰臉大笑，所有民兵也憨笑起來。

這樣我們接受了野豬。每連分得三頭，營部留下一頭。主要問題解決了：只要有足夠的肉，就能讓戰士們吃好。

根據我的建議，我們計畫在大年三十晚上宴請村幹部和生產隊的頭頭們。我們必須回報他們的盛情，無論如何不能白拿群眾的東西，有來無回。那十頭野豬又不是龍頭家的，另外，我們在村裡紮營已經給群眾帶來很多不便，應當用這個機會表示一下我們的感激之心。刁教導員贊成我的建議。

宴會設在生產隊的會議室裡，屋子打掃得乾乾淨淨，並且布置了一番。一對綵燈挑在大門口，一幅春聯分別貼在兩扇門上：「軍民團結如一人／沖天壯志迎新春。」我覺得文書牛喜的詩句做得不太好，但我們是軍人，對遣詞用句不必太講究。屋裡十二張方桌擺成三乘四，每張桌中央立著四枝蠟燭，像手榴彈一樣粗，火尖兒到處閃耀，把整個房間照得通亮。

部隊一方，三個連的連長和指導員加上營幹部全到席；關門村一方，村裡的大小頭目都來了，包括鐵匠鋪的掌櫃和村裡唯一的赤腳醫生，總共九十來人。飯菜並不很講究，但挺實惠：紅燜肉、炒雞蛋、炸帶魚、馬肉丸子……。酒管夠喝，滿滿三大缸靠牆站著。刁教導員和村黨支書劉萬明致完祝酒詞後，大家開始用餐。

作爲部隊的領導，教導員和我需要到各桌去祝酒。因爲老刁酒量小，我們倆事先說好由我來祝酒。我端著綠搪瓷缸，挨桌去碰杯。

龍頭和他的民兵頭頭們圍著第八張桌子，那是最熱鬧的一桌。他們用手抓馬肉丸子吃，一籃子炸帶魚放在菜盤子中間，桌角上擺著一瓣大蒜，是他們自己帶來的。

「春節快樂，龍頭。」我笑著說。

「春節好，高營長。」他舉起一個海碗——大得像個小盆兒——咕嘟地喝了一大口。

「爲咱們的團結乾杯。」我提議。

「對，全乾。」看我有些猶豫，他說，「怎麼啦？你不願意嗎？我的碗可頂你的三缸子。」

我無話可說，一口氣喝乾了一缸子玉米酒，然後把缸子倒過來拿著。

「好漢！」他們一起鬨叫。

龍頭捧起海碗喝起來，一根紫筋在他脖子上抽動著。我佩服地看著他。

他喝完了，一個民兵說：「龍哥海量。」

我們握握手，他眼睛裡閃著喜悅。我回到自己的桌子時，刁教導員正在等我。我倆都覺得宴會進行得還順利。他想早點兒離開，去看望營裡的戰士們，我說我不會耽擱太久，很快就去三連轉轉。除了給大家拜年，我們還要順便檢查戰備的情況，因爲上級命令我們春節期間保持一級戰備——一個星期內不准脫衣服睡覺。

村裡的演出隊來了，在會議室裡表演節目。一個男人身著綠緞衣，一個女人穿著粉紅襖，兩人臉上塗滿油彩，開始旋舞起來，你一句我一句地唱著二人轉。

女人唱：

俺們村的西瓜大又甜，
子醉倒在果樹園。
野雞進屋睡大覺，
河邊魚蝦撞水筲。

但是我的小冤家，千萬帶上我，
坐著你的大馬車，
咱倆一起去他鄉，
永遠不分開，永遠不分開……

我正要離開，龍頭端著海碗走過來，身後跟著王四。王四拎著一個白塑膠汽油桶，裡面裝著燒酒。「高營長，」龍頭說，「我喜歡——喜歡你的爽快勁兒。來，咱倆再乾一杯。」他伸出碗，王四給他斟滿了酒。一個痦子凸出在王四的耳朵下面，像隻打扁的蒼蠅。

「龍頭，」我說，「咱們不能再喝了。現在可是一級戰備呀。」

「這酒不醉人。」他又把一大碗喝乾了，帶血絲的眼睛瞪著我。「我們今晚兒就出發——去——去把老毛子趕進北冰洋。高營長，下命令吧！」

「龍頭，你需要休息。」

「沒事兒。」他又伸出海碗，王四又給他斟滿酒。龍頭繼續說，「所有西伯利亞的土地，從庫頁島到——到外蒙都是咱們的，被蘇聯人強搶去了，咱們必須把它奪回來！操他祖宗的，他們在海參威殺了我太爺。我太爺在那裡做——做生意……」

「龍頭，你該睡一覺，」我說。「王四、馬丁，快扶他回家，料理他上炕睡覺。」

「這是大年三十，」龍頭咕噥著，「我高興，高——興——呀。」他的保鏢們把他攙走了。

我吩咐牛喜關照一下酒席，就動身去三連了。外面下雪了，風速已經減弱，爆竹在空中劈劈啪啪地響著，空氣中充滿了火藥味兒。家家的煙囪吐著帶火星的炊煙，孩子們興奮的喊叫聲四下迴盪著。

這些使我想起家人：桂花此刻一定在包餃子，小紅和小虎一定在街上跟著耍獅子的人群後面，等午夜的年飯做好了，他們將爲我擺上把椅子，在桌上多放一雙筷子……

後來我聽說龍頭的曾祖父確實是死在海參威。據說他年輕時長得漂亮，留著一根烏亮的大辮子。蘇聯人占領海參威後到處抓婦女。龍頭的曾祖父被他們當作女人捉住，帶回軍營。但他們一摸他褲襠，抓到了什麼東西，一怒之下，就一刀捅進他的脖子。這是爲什麼龍頭跟蘇聯人不共戴天。

春節過得不錯，戰士們的精神又振作起來。節日後，我們夜裡又可以脫衣服睡覺了。但仍不能放鬆警戒，因爲現在仍是嚴冬，烏蘇里江結著厚冰，蘇軍說打過來就打過來，他們的坦克、裝甲車可以迅速地開過江。爲使全營綳緊戰備弦兒，我們計畫在二月的最後一個星期三搞一次緊急集合。

實際上，這是我們駐進關門村以來第一次夜間行動。十一點整，全村已經沉睡，通訊員劉曉兵吹響了軍號。我們提前通知了各連領導：他們必須假裝前方戰鬥打響了，命令戰士們迅速集合出發；同時，不能用任何燈火，一切行動必須在暗中進行，因爲光亮會使蘇軍確定我們的位置。號聲剛息，寧靜的夜一下子充滿了狗吠聲、腳步聲、馬嘶聲、命令聲、卡車起動聲。幾家煙囪冒出煙——炊事員們在燒發動卡車用的熱水。我去了村西邊的胡沙河畔，按計畫那是全營的集合地點。

半個鐘頭後三個連才到齊。幾輛卡車滅著燈，在雪地裡緩緩地行進，像鯨魚浮出海面慢騰騰地游著。所有的炮口都指向東北方的天空。一些炮手在刨坑，準備下炮尾的駐鋤。「不要挖了！」我大聲命令。他們不知道這是演習。

三個連的連長和指導員都來向我和刁教導員報到。雖然我們覺得在這麼冷的夜裡半個小時能把全營拉出來算不錯了，但我和刁教導員都不滿意，因爲按上級要求我們必須在二十五分鐘內進入作戰狀態。我命令各連領導帶領自己的隊伍回村。「明天我們總結一下經驗，看看能不能把速度加快些。」我告訴他們。

我正說著，龍頭的民兵連出現了，跑步過來。龍頭來到我前面，光著頭，呼呼地喘著熱氣，並用皮帽子扇著風。「我的人馬都在這兒，現在就去前線嗎？」他問。

「不去前線，這是演習。」我說。我瞟了刁教導員一眼，他臉色很難看。

「演習！」龍頭叫道，他雙手按住腰間的盒子槍。「三更半夜裡搞演習？爲什麼事先不通知我，啊？你兩個該殺的！」

「龍頭同志，」刁教導員說，「請不要誤會。你知道，夜戰是我軍的傳統。事先沒通知你是因爲我們不想驚動你。這不是眞的行動，我們只是把火炮拉出來集合。請你原諒。」

「媽的，看看你們做的好事吧。」他轉向村子那邊，指著一層層波浪般的茅屋頂，那面天空上泛著微弱的火光。「看吧，家家都開始做飯了，我已經命令他們把飯菜送到河邊來。」他提高了嗓音喊，「嘿！馬丁，快去告訴村裡，不要做飯了，不要殺豬宰羊了。」

我覺得對不起鄉親，但這確實不是我們的錯。營裡的排級幹部都沒被通知夜裡要演習，爲什麼要讓民兵知道呢？分明是龍頭自己搞的那些名堂。可是如果現在責備他，也太不近情理了。「龍頭，」我說，「眞對不起，這是心裡話。明天我將挨家挨戶去道歉。」

「別來這一套了，誰稀罕你道歉！我們把你們當做自己人，而你們卻另有個小算盤兒，讓我們出盡洋相。你們太對不住我們了，把我們當外人。」

「龍頭同志，」刁教導員大聲說，「你錯了。我以我的黨籍發誓我們對待你們民兵連像自己的隊伍一樣——你們是我們的步兵連。你一定看得出今晚上我們所做的純粹是火炮演習。就是這樣，我們的確應該事先通知你。請接受我們眞誠的歉意，並跟鄉親們解釋一下。我保證，從現在起，我們行動之前一定讓你知道。」

「教導員，你總是會打圓場。」龍頭看上去平靜了些。「好吧，這不是什麼大不了的事兒，還沒有人掉腦袋。我回去跟鄉親們說說，他們會理解的。但不能有第二次。」

「保證不會有的。」刁教導員說。

龍頭帶著他的隊伍走了。刁樹對我說：「這是咱們的疏忽。」

「爲什麼？我倒不這麼認爲。演習是軍事行動，爲什麼必須得先告訴他？」

「老高，別忘了軍事行動也是政治行動。事情處理不好會影響軍民關係。」

「我同意，教導員同志。不就是因爲我們住在這個村子裡嗎？我們不得不讓他什麼事都插一槓子。行，我沒意見。我眞難過啊，不過年不過節的就把豬和羊給殺了。下一次咱們得命令龍頭的民兵向虎頭城急行軍。看他會多麼高興。」我倆都笑了。

雖然我那麼說，但在冬季剩餘的日子裡我們不敢再搞緊急集合了。沒有適當的理由就在夜裡再驚動全村是不明智的。另外，如果我們經常搞夜間演習，老百姓會習慣的；一旦眞有了緊急情況，他們會以爲是演習，不理睬我們，所以我們決定不再搞緊急集合了。我們向龍頭保證在演習之前先通知他；行，他有我們的許諾，但我們並不需要兌現。

2

春天到了，烏蘇里江融化了，邊境的局勢緩和下來。江水成了蘇軍坦克和裝甲車的障礙，大規模的軍事衝突是不可能了。天氣一暖和起來，我們就動手蓋營房。營地設在村西面三里外的山坡上。從早到晚我們上山砍樹，從虎頭拉來磚瓦和水泥，平整地基，打石頭。三個連都成了建築隊，我們的火炮技術生疏了，許多戰士幹活時上身不穿軍裝，像是散兵游勇。但我們必須有自己的營房，而且越早越好。跟村民們住久了不可能沒有磕磕碰碰的，還有，整天跟老百姓混在一起很難維持紀律。

我的戰士是從三個野戰軍裡挑出來的精兵，自然地會受到婦女們的青睞，所以男女關係之類的事不斷發生。一個年輕的寡婦甚至在夜裡偷偷地上了炕跟三個戰士睡到一起。我們必須儘快搬出村去。

我和刁教導員各有分工，我負責建造營房，他抓政治學習和處理軍民之間的事務。我每天一早就離村，晚上很晚才回來，所以三個月中腦子裡基本上沒有龍頭。

一個夏日的上午我和文書牛喜騎自行車去五道溝公社，要僱幾個泥瓦匠。我們剛出豹子口，就聽到槍聲。豹子口是兩座陡山之間的一條通路。在我們右方有一夥民兵，遠遠地站在墳地邊上，舉著步槍朝山腳下射擊。有些子彈打飛了，尖嘯而去。龍頭雙手扠著腰，看見我倆便招招手。我們停下了，把車子放倒在路旁，向龍頭走去。

「嘿，高營長，」他伸出手，「好久沒見了。」

我們閒聊起來。他告訴我這裡是他們的靶場。百米開外立著兩個靶子，背靠著一個廢棄的採石場。好多小白氣球拴在樺樹上，在熱風中飄動。

「打氣球可是個不錯的主意，」我說，「這樣可以練習打傘兵。」

「你覺得能行？」龍頭咧嘴笑著問。「光打死靶子太沒勁了。」

「我們也應該用氣球進行實彈射擊。你從哪裡搞到這麼多？」

龍頭和周圍的人都笑了。「這還不容易，」他說，「到公社的計畫生育辦公室去拿。免費，哈哈哈……」

我也搖頭笑了。我們可弄不到免費的避孕套用來做靶子。這時，王四光著頭，跑過來向龍頭彙報：「大哥，一切都安置好了，可以開始了。」

龍頭轉向我和牛喜。「想不想幹掉幾個傘兵，嗯？」

「好吧。」我說。

他們給我倆每人一枝蘇式三八大蓋兒和五發子彈。我們把子彈壓上膛，開始射擊。每打一槍都得拉一下槍栓退出彈殼。牛喜打掉一個「傘兵」，我打掉了四個。

「不賴嘛，高營長，」龍頭說，「我看得出你是個擺弄槍的老手，真不賴。」他從馬丁手裡接過槍，快速地對那些搖動的靶子開火，五槍打下了五個。

「好槍法！」我誇獎他說。「龍頭，你真是神槍手。」

他一隻大眼瞇縫著對我說：「如果我們有你們用的半自動步槍，我就能在幾秒鐘內掃光所有的傘兵。」

事實上，現在只剩下三個「降落傘」在遠方擺動。一個民兵握著一大束吹起來的避孕套正要離開，再去繫上一些活靶子。「等等，」龍頭命令道，「等一下，李五。我們還沒玩真格的呢。」他問我，

「想不想打機關槍？」他指著一個凹陷的墳邊，上面架著一挺日式歪把輕機槍。

我遲疑了一下，從來沒摸過那麼舊的傢伙。「龍頭，說實話，機關槍我打不好。我什麼炮都能擺弄，但這種槍可不行。」

「別謙虛了，我知道你是老手。你打右面的靶子，留給我左邊的，行吧？我們打著玩玩。」

不容我推託，馬丁熟練地給機槍壓上子彈。「你有五十發。」他鼻音濃重地說。

不知怎的，我心裡刺撓，想試試，所以就臥在墳邊，開始射擊。靶邊的塵土被掀起來，好像我在掃射整個採石場。機槍的後座力極大，它在我懷裡直蹦，像一隻掙扎的野獸。一朵朵塵煙連成一線從我前面二十米處跳起來，一直延伸到山頂上。最後幾發子彈飛到天上去了。

「媽的！」我搖搖頭，耳朵裡仍然嗡嗡作響。「這槍打起來像門機關槍。我沒有準備。」圍觀的民兵都笑起來。

龍頭笑呵呵地說：「我看得出你對這種槍不熟悉。其實用慣了就好了。」

馬丁此時又給機槍壓上五十發子彈。龍頭把帽舌拽到腦後，跳進墳裡，開始打左邊的靶子。機槍發出串串點射，碎木片從那人像靶上左右飛濺，子彈打到石頭上呼嘯著飛向四處，靶子抖得像是要倒掉。我看得出大多數子彈都打到了靶身。龍頭笑嘻嘻的臉在槍托上哆嗦著，一直到他把靶腿打斷了，整個靶子都不見了。

民兵們大聲叫好。李五跑向採石場去查看結果，一隻黑狗躥在他前面。

「打得好，龍頭！」我說著伸出手。「你怎麼學會用槍的？」

「小時候打獵的時候學的。」他齜牙笑笑。「但獵槍不好用，我們把它們全賣了。」

「這些兄弟們怎樣？」我指著左右的人問他。「他們也打得這麼好嗎？」

「沒門兒，只有龍哥才行。」王四插嘴說。

「他們有的槍法不錯。」龍頭說。

「嘿，」李五從採石場那邊高喊，舉起打倒的靶子，「中了四十六發！」

接著，他指著仍立著的人形靶，叫了一聲：「七發命中！」

民兵們都笑了。我覺得臉上發訕，這是我一生中最壞的紀錄。如果我知道那歪把子機槍這麼難對付，就絕不會碰它，至少要更小心些，不至於這麼丟人現眼。

我們沒有心思再待下去，牛喜和我就跟他們道別，然後向路邊走去。我讓牛喜不要告訴任何人剛才的事，他保證嚴守祕密。說心裡話，我對打靶這件事倒不在乎，我承認龍頭是個神槍手；實際上，我們全營也找不出一個人是他的對手。聽說他能左右開弓，用盒子槍打中五十步開外的雞蛋。但我是營長，應當謹慎些。如果戰士們知道我參與了民兵的實彈射擊，他們就會跟我學，跟民兵們瞎攪和。

到八月底我們蓋完了營房。四排磚房坐落在西山坡上。山腰上開出一個小操場，上面停放我們的卡車和加農炮。我們營地的最大優點是蘇聯的瞭望塔看不見山坡這面，他們的砲火打不著我們。眼下三個連都忙著搬家，拆廚房、倉庫、廁所。一連四個月我忙得一天也沒休息，所以一個星期六晚上我接受了刁教導員的建議，第二天到虎頭城去散散心。我打算先到公共澡堂泡個熱水澡，再到飯館裡吃盤蔥爆豬肝，然後到團部看望一個老鄉。

在虎頭城裡一切都按計畫進行，澡也洗了，館子也上了，老鄉也看了。下午三點左右，我來到城中心的汽車站。在這之前我和老鄉一起喝了三瓶白蘭地，頭還暈乎乎的。在車站裡我碰到龍頭，他也在等汽車回家。和他在一起的是一位面熟的姑娘。「龍頭，你進城做啥？」我問他。

「我們去了大蒜屯看秀芬的爺爺。」他指著那姑娘給我介紹，「這是我的未婚妻，秀芬。」

「祝賀你倆訂婚。」然後我轉向秀芬。「看你多重要，民兵連長龍頭給你當保鏢。」她笑了，清澈的大眼睛瞥了瞥她的未婚夫。

「高營長，」龍頭說，拍拍腰間的盒子槍，「我帶著這傢伙可不是要在秀芬家人面前展示。誰知道老毛子什麼時候打過來，我們必須保持它們熱乎才行。」「它們」是指他的盒子槍。秀芬看著我，表情很認眞，好像期待一個肯定的回答。

「你警惕性眞高。」我強迫自己說。他笑了，姑娘也笑了。我有點尷尬，因爲自己沒帶手槍。夏季我們休息時不需要帶槍。冬天你確實可以看到許多背槍的人在虎頭城街上行走，如果你到飯館吃飯，經常有民兵在那裡喝酒吹牛，上膛的步槍靠桌而立。但除了冬季，人們很少帶槍進城。

公共汽車來了，大家排隊上車。我有意站到後面，避免跟龍頭和秀芬坐到一起，因爲我仍帶一身酒氣。隔著人群我仔細觀察了一下秀芬。她個子挺高，小鵝脖兒又白又長，菱角嘴，狹窄的鼻子向上翹著。她穿著緊身的粉紅上衣和天藍色的長褲，使她顯得有胸有臀。一雙涼鞋露出她的大腳。看起來她跟龍頭起碼在個頭上挺相配。

在車上，龍頭跟後面的一個男人打了個招呼，又跟右面的那一個人聊起來。他好像誰都認識。售票員開始賣票。當她走到龍頭身邊，龍頭掏出一張單元的票子，說：「兩張去關門村的。」

司機轉過頭對售票員大聲說：「龍頭不用買票。」

「嗨，嗨，」龍頭說，「不要收買革命同志嘛，老趙。我得買票，車是國家的。如果車是你的，我就讓你把我送到我家炕頭上去。」幾位乘客笑起來。售票員收了他的錢，給了他兩張票。

「連同秀芬一起送去嗎？」司機問，咯咯地笑起來，但沒回頭。

「活膩味了嗎，趙猴子？」龍頭罵了一聲。他的未婚妻臉紅了，把頭扭向一邊。一些乘客撇嘴笑了，瞅瞅那姑娘。

汽車出站了。路旁的一根根水泥電線桿向後方退去，一路上，一座座比足球門還大的宣傳欄被拋到車後。一行白漆字寫在紅磚牆上：「深挖洞，廣積糧，不稱霸！」我從側面觀察靠窗而坐的秀芬。鬈曲的瀏海兒在她平滑的腦門上迎風擺動。她半瞇縫著眼，下巴有點兒前突，顯出一個清晰的輪廓。

不知怎的，秀芬意識到我在觀察她，她側過身，孩子般地對我笑了笑。突然我覺得她好可憐，不是因爲她的美貌——她並不很漂亮，也不是因爲我自作多情，而是因爲她的未婚夫。龍頭人並不壞，但不定性，不可能成爲好丈夫。跟著這種男人就像是在水壩下面建房子。我就是不要女兒也不能讓她嫁給這樣的人。

汽車在關門村車站猛地停住了。十幾個乘客下了車。我正要跟龍頭和秀芬說聲再見，龍頭把我叫住。「高營長，我要跟你談件事兒，咱們到那邊去。」他指指一棵白楊樹。

我倆朝樹那面走了幾步，把秀芬獨個留在車站。「高營長，你能不能幫我個忙？」

「什麼忙？」

「我需要一對電臺。」

「要那幹什麼？」

「我們經常去烏蘇里江觀察敵情，但不能所有的人都去。你看，去江邊的人得跟家裡的人有個聯繫。我知道你們最近得到不少新電臺。能不能給我兩個大的？」他指的是那些剛換下來的三瓦報話機[1]。

「不行，龍頭，我不能給，」我毫不含糊地說，「我們是有幾臺舊的報話機，但它們都帶編號，我們必須把它們交回團後勤部。」

「他們要那些老掉牙的機器幹啥？又不用它們，對吧？」他看起來有些急眼。

「我不知道上面怎麼處理它們。按規定我們必須把每一部電臺都交上去。別生我的氣，龍頭。這不是私事。如果那些報話機是我自己的，就白送你。但這是紀律問題。」

「行，我懂軍紀，保證再不提這事兒。」他二話沒說，轉身朝秀芬走去。落日把他長長的影子投在地上。

那天晚上刁教導員和我喝了一盅。我從掛包裡取出在虎頭城裡買的滷豬頭肉，刁樹讓通訊員小劉去他的屋裡拿來一瓶玉米酒。「老高，」他說，「咱倆今晚上得放鬆放鬆。哈，豬頭肉！自從來這兒以後我還沒嘗過呢。」他拿起一塊放進嘴裡。「啊，真香！」

我笑了，往自己的綠茶缸裡倒酒。

兩缸過後，我告訴他我在虎頭城裡碰見了龍頭和他要報話機的事。「這傢伙頭腦真熱，比咱們的警惕性還高。」我說。

「他是那樣的人。誰也拿他沒辦法——江山易移，稟性難改啊。」

「他也太好戰了。眼下是農忙季節，大家都在鋤地或種秋菜，可他的民兵們照樣打著大旗到處去巡邏。看來龍頭沒有仗打就活不下去。」

「老高，你說得太對了，我百分百同意。」刁教導員的舌頭硬了。我並沒勸他不要再喝了，今天我們休息，應當輕鬆一下。

「我太清楚他這類人了，」他又說起來，夾起一塊肉塡到嘴裡，「你猜猜他最好的結局應該是怎樣，老……老高。」

「這我可從來沒想過。你覺得該是怎樣？」

「他最好的結局是被咱們的敵人幹掉。」他暗笑一下，又說，「我看得出你吃了一驚，但我說的是實話。我叔公就是龍頭那樣的人，一個模子倒……倒出來的。」他舉起缸子又喝了一口。

「跟龍頭一樣？」我問。

「一樣。我叔公曾是個地主，一個大財主。他把全村統治得老老實實，沒有人敢招惹他。村裡啥事他都管。比方說，一個車把式偷了一家鄰居的雞，我叔公就領著那個鄰居，抱著個大石頭到……到那個車把式家，二話不說就把人家僅有的一口鍋給砸了。好多天那家人都不能生火做飯。大夥兒都說我叔公總有一天會有惡報。我爹常說要是叔公再活得長一點兒，肯定得讓共產黨給砰了。」

「那他是怎麼死的？」我好奇地問。刁教導員如果不是喝多了，絕不會提起這類事。

「怎麼死的？」他咯咯地笑了，搖搖頭，「教日本人給砍了。小日本兒包圍了我們村子，把全村人趕到集市場上訓話。他們要鄉親們供出游擊隊藏在哪裡。其實誰也不知道。日本鬼子在人群前面擺上兩架大鍘刀，說如果鄉親們不說出游擊隊在哪裡，就鍘掉幾個人頭。我叔公站出來，說他知道，但就是不告訴他們。小日本們氣急了，命令我叔公跪下。我叔公就是不跪。他們用槍托把他打倒在地，把他的頭按到鍘刀下。他還是不告訴，嘴裡不停地罵，所以他們把他的頭鍘掉了。」

「後來呢？」

「鄉親們都說只有我叔公知道游擊隊在哪兒，還說他是游擊隊的聯絡員。其實他根本不是。因爲我叔公已經死了，日本鬼子就放了全村。」

「這可是英雄事蹟。」我說，有些感動。

「這是件有意思的事兒。」他又咯咯地笑了，眼睛有些濕潤，把臉轉向昏暗的牆壁。幾秒鐘後他繼續說，「其實，全村人都恨死我叔公了，但誰也不敢動他，他是村裡的老太爺。如果日本人沒砍了他，等共產黨來搞土改時，村裡的人準能活埋了他。讓日本鬼子砍了頭，他成了英雄，鄰近縣裡的人一提——提起他就敬佩得了不得，說他是眞正的中國好漢。全村人也感激不盡，以爲他——他爲了他們獻出了自己的生命。其實，他對村裡的人沒有感情，更別說爲他們做犧牲了。我覺得『犧牲』這個想法壓根兒就沒進過他腦子。誰知道他當時中了什麼邪，挺身出來跟日本人對抗。最有意思的是土——土改開始前，村幹部私下告訴我爺爺，儘快把地賣掉。我爺爺趕緊賣了地，告訴所有的人我——我叔公欠下了一大筆債，我們家必須賣掉一切還債。等土改開始了，鄉親們給我們刁家定了個中農，當時刁家確實跟別人一樣，不擁有土地。簡直不可思議，村裡最大的地主一夜之間變成了中農？」

他沙啞地笑了笑，接著說，「你看，如果我叔公還活著，我們刁家肯定得被畫成地主，村裡的人會把我們斬盡殺絕。要是那樣，我也就不可能在這兒率領共產黨的部隊了。」

「老刁，你不能否認你叔公的事蹟是你們家的革命歷史。」雖然我嘴上那麼說，但心裡覺得刁家的成分的確應該是地主。

「什麼是歷史？」他喝乾了茶缸裡的酒，又乾笑起來。桌面上煤油燈的火苗撲動著。「歷史是機會和事故的大雜燴。不錯，我叔公被日本人砍了，但這給了他一個好的結局，並爲全村做了件好事，而且還救了我們刁家大小十幾口。可是當他頭躺在鍘刀底下時，他知道死的意義嗎？都是他死後發生的事才使他的死有了意義，不是嗎？」

「你可能說得對，我不太清楚。」我被他的思路弄糊塗了。「那你怎麼比較你叔公和龍頭呢？」

「老高，你眞是個單純、直率的人。我叔公死在敵人的手裡，這是爲什麼我們刁家是烈屬。同樣的道理，如果龍頭被蘇聯人或者被任何咱們的敵人幹掉了，他將成爲英雄。你不這樣認爲嗎？」

「這我可從沒想過。我並不喜歡龍頭，也猜想不出他的結局會怎樣。他還年輕，大概三十不出頭，肯定會比我活得長。」

「好幽默啊。」他咯咯笑起來，小眼睛在昏暗的燈光裡微微閃光。「我眞不知道你還有幽默感，老高。來，咱們先別管龍頭，乾杯。」

我們喝乾了瓶裡的酒，起身回到各自的房間，把桌上的缸子和筷子留給通訊員小劉來收拾。

第二天清晨四點左右，電話鈴把我吵醒。三連孟連長說我們的倉庫被撬開了。

「丟了什麼?」我問。

「現在還不清楚。高營長，我這就去倉庫，弄清情況後立即向你彙報。」

「我這就來，在倉庫見。」我穿好衣服，帶上手槍去了村西頭。

天剛放魚肚白色，潮濕的空氣有些寒意。五分鐘後我到達倉庫，孟連長、指導員王新、兩名哨兵已經在那裡。倉庫後牆上有個車輪大小的窟窿。孟連長彙報說：「高營長，我們丟了兩臺報話機。」

王指導員說：「幸虧彈藥都運到新營房去了。」

「兔崽子!」我打斷他，「是龍頭他們幹的!昨天下午他跟我要報話機，我沒答應他，他們就夜裡來把機器偷走了。我這就去找他算賬。」

「慢點，不能去。」刁教導員從我身後冒出來。「老高，不要草率行事。我們得靜下來好好想想。」

這時從東面傳來得得的馬蹄聲。我們都轉身望去。一隊全副武裝的民兵騎著馬緩行出村，他們的戰旗在粉紅色的黎明中輕輕飄揚。一名騎兵背著一個暗綠色的大盒子，沒錯，那肯定是臺報話機。龍頭騎著一匹大黑馬，帶領隊伍北上去烏蘇里江。

「這夥賊，」我罵道，「但願蘇軍把他們全幹掉！」

「老高，請息息火，」刁教導員說，「咱們早晚得懲治他。別急，一口吃不掉一個胖子。」然後他轉向其他人，說，「你們都回去吧，高營長和我會處理這件事。此事不能讓任何人知道。」

他們走後，我和刁樹轉身回營部去。一路上我罵個不停，刁教導員卻一聲不吭。

「今晚兒我去找龍頭，把報話機要回來。」我說。

「別那麼做。請聽我的，老高，現在還不到跟他算賬的時候。你不記得有句老話——『別看你今天鬧得歡，小心明天拉青丹』嗎？」

「我明白，但如果現在不制止他們，將來他們就會偷咱們的卡車和火炮。」此時我們已走到村裡磨坊的拐角處。

「那不可能。他們不會開車，光會騎馬。」刁樹看起來很神祕。「實話告訴你，龍頭已在名單上，早晚得被處治。」

「什麼名單?」我停住腳步。

「具體情況我也不清楚。不管怎樣，咱倆弄不了他，這傢伙已經鬧騰得太大了。其實我得給方政委打電話，彙報這件事。在沒接到團部指示之前我們不應該採取任何行動。」

這可是新聞，我從來沒想到龍頭這麼重要，被祕密地監視著。那天上午刁教導員跟團部彙報了，方政委讓我們等待上面的決定。

午飯後命令下來了。文書牛喜正在院子中央給我理髮，刁樹過來告訴我：「老高，我剛接到方政委的電話。他讓我們保持沉默，就當什麼也沒發生。」

「行，我一定安靜得像個聾啞人。」我說，仍然低著頭好讓牛喜剃我的脖頸兒。我感覺到刁教導員的表情不太自然，大概是因爲昨晚兒對我洩漏了他家的祕密。

「那好，你同意了，老高。這件事就不再提了。」他轉身要走開。

「等一下，」我叫住他，「老刁，我不想同龍頭打交道。我眞不能忍受他，隨時都會失去控制，跟他當眾幹一場。今後請你對付他吧。」

「這倒不是個壞主意——我是說避免衝突。他並不是很難對付的人。行，從今以後我就捋他的龍鬚。」

一個星期後，我們全營搬進了新營房。這一年剩下的幾個月裡我再沒見到龍頭，好像他做什麼都與我無關。

3

由於中蘇雙方開始談判，邊境的局勢比前一年緩和了許多。除了三月初有幾天一級戰備外，整個冬天相當平安。我們的大部分時間都用於練兵和批判陰謀暗殺毛主席的林彪。邊境上種種跡象表明蘇聯改變了主意，不想侵略中國了。七十多名老兵已經在一月分復員。現在我們同龍頭之間的盟約也自然而然地解除了，連刁教導員也認爲不需要民兵連來保衛我們的炮兵陣地。

一開春，我便命令各連大力開荒墾地，種黃豆和蔬菜，以改進伙食。黃豆對我們來說非常重要，可以用來榨油、做豆腐和豆漿。下一步是養豬，每個連必須抓上三十頭豬崽。我告訴戰士們：「現在我們不僅要會打仗還要學會生活。」

龍頭倒一點也沒變。他的民兵還是定期騎馬到烏蘇里江去觀察敵情。我們在地裡鋤草時，經常聽到槍聲——他們從來沒放鬆過訓練。如今我們住在自己的營房裡，不必同他們打交道。我命令戰士們如果沒有我或者刁教導員的同意，不准與民兵來往。

仲夏的一個下午。我正拎著兩只水桶去溪邊打水，突然一聲轟響從北面傳來，然後幾顆炮彈落下，黑煙柱從樹林和田野裡升起，一些火球在曠野中亂跳。一顆炮彈呼嘯著飛過我們的頭頂，在二百米外的山谷中爆炸了。前方打起來了，蘇軍在炮擊我們！我扔下水桶跑回營房。

通訊員小劉吹響了軍號，戰士們趕到炮場。但我不知道該怎樣下命令。我打電話給團部，團部也不清楚前方出了什麼事。「我們現在應該怎麼辦？光等著挨炸嗎？」我對一個參謀喊道。

「老高，」團長張毅接過了電話，「前方並沒有打仗，你們原地待命。我們很快會搞清情況。」電話掛掉了。

我帶上望遠鏡，急忙爬上山頂，瞭望北方。從望遠鏡裡我看見龍頭和二十幾個民兵騎著馬鑽進白樺林，往回跑。江上有兩艘蘇軍巡邏艇正向我方亂開炮。出乎意料的是，另一艘船冒著煙火，一動不動，它的水手們已經棄船，跳進水裡向另外兩艘巡邏艇游去。

「瞎胡鬧，是龍頭他們幹的。」我對教導員說。他剛爬上山來，氣喘吁吁。

「讓我看一下。」他取過望遠鏡瞭望著。

「像是民兵跟蘇軍在江上發生衝突。」我說。

「一艘巡邏艇在下沉，我怎麼看不到民兵？」

「讓我再看看。」我拿過望遠鏡朝江面望去。受傷的船不見了，另外兩艘巡邏艇已經撤離，炮聲停止了，一切又平靜下來。

我們回到了營房。半小時後，龍頭和他的騎兵來了。刁樹和我出去見他們。戰馬一匹匹跑得汗淋淋的，民兵們站在馬旁，光著頭。龍頭忍不住地哈哈大笑。「高營長，刁教導員，給我們記一功。」他大聲嚷著。「我們滅了一隻蘇聯『水耗子』。」

「誰命令你們幹這種事？」我問道。

「我們自己打的。眞他媽的過癮，砰的一聲，就一發火箭彈，那隻『水耗子』就再也爬不動了。我們只丟了幾頂帽子。」

「龍頭，你胡鬧！」我大聲說。「江面是中立地帶。這樣做會引起戰爭。」

「戰爭？我們不是在跟蘇聯打仗嗎？這不正是爲什麼你們駐在這裡嗎？」他火了。「高營長，告訴我，你到底是哪一邊的人？」

「龍頭同志，別這麼大火氣。」刁教導員搶過話頭。「我一定向上級彙報你們的戰果。請放心，黨和人民將不會忘記你們的功勞。現在請大家回去好好休息。我們很快就通知你們立了什麼功。」

「上馬！」龍頭命令道。他們全都翻身上馬。「刁教導員，我等著聽你的信兒。」他從馬背上說。

「行，你等著吧。」刁樹低聲回答。

他們全走了，留下一大團塵霧。我轉身問刁教導員：「你怎麼稱這種胡作非爲是『戰果』呢？」

「老高，別生氣，難道叫它什麼有那麼重要嗎？」

「教導員同志，我不知道怎樣玩辭兒弄字兒，也不是硬要跟龍頭過不去。我承認他是個勇敢的傢伙。問題是我們不能放第一槍。」

「我不同你爭，你說的都對。但我們總得想法兒把他們打發了，對吧？」

我沒回答，心裡覺得刁樹並沒錯。我們分頭到各連，跟連領導們解釋事情的原委。

兩個星期後，上面的決定下來了，並沒有給龍頭記功，但民兵連接到一個內部表揚。通報說：「讓入侵者有來無回！」為什麼上級要表揚民兵呢？難道鼓勵他們再對蘇軍挑釁嗎？那麼我們何必堅守原則——絕不打第一槍呢？當我問刁教導員時，他笑著說：「你等著看吧，好戲在後頭。」

正像他預告的那樣，一個月後虎頭縣武裝部下令：全體民兵上繳武器。從現在起，擁有槍枝將被視為犯罪行為。由於每一枝槍都帶編號，民兵們沒有辦法，只能上繳武器。無論是什麼管道得到的槍枝，甚至連匕首和子彈帶也得交上去。龍頭的民兵連一下子被解除了武裝。

「在某種程度上我倒替他們難過，」一天我對刁教導員說，「他們已經扛槍好幾年了，一下子槍枝彈藥全沒了。」

「老高，你心眼兒真好。」刁教導員說，笑起來。

我也笑了。「就像昨天在銀行裡有一大筆錢，但今天卻分文不剩了。」雖然我這麼說，但堅信上級做得對。目前，蘇聯並不像要跟我們打仗，太多的老百姓擁有槍枝是不安全的。

解除武裝對龍頭是一個沉重的打擊。一個月後我去關門村掌皮鞋，在村裡碰到他。我站在鞋匠鋪門口，驚奇地望著一群頑童逼著一頭小熊往豎在市場中央的旗杆上爬。「上，上！」他們喊著。兩根竹竿從下面戳著小熊的屁股。一個男孩子用彈弓把石子兒射到熊的後腿上，小熊立即往上躥了兩米多。

龍頭來了，如今沒有保鏢護駕。他時不時地踢著街上的馬糞，伸著脖子，低著頭，像是在盯著自己的影子。他的灰上衣敞著懷，露出白汗衫上的大紅「忠」字。他一看見我就把頭扭向一邊，右手下意識地摸摸腰間，那兒曾是盒子槍的位置。

「龍頭，近來好嗎！」我走過去，伸出手。

「不壞，還活著。」他嘟囔著說，跟我握握手。他面無表情，眼圈糊著黃黃的眼屎。

我有些不自在，就找話說：「什麼時候能喝上你的喜酒啊？你快要結婚了吧？」

「還得過一段時間。」他搖搖頭。「可能在春節前後，說不準。」

「可別忘了請我，咱們再乾幾杯。」

「一定，我不會忘的。」他笑了，大眼睛亮起來。

「有什麼事要我幫忙，就告訴一聲，好嗎？」

「當然了。高營長，謝謝你。」

雖然我那麼說，但眞不知道怎麼幫他。實際上，我幫不上忙，因爲他需要的是槍，沒有槍他就不再是以前的龍頭。自從解除武裝以來，民兵連已經等於解散了。現在所有的人都扛著鋤頭或鐵下地幹活，不再去烏蘇里江了。

秋天到了。我們忙著收穫莊稼和蔬菜，砍樹做冬柴，挖地窖存冬菜。整整一個月三個連的火炮都被帆布蓋著。大部分人都在地裡幹活，就連炊事員們也要忙到半夜才能上床，因爲他們要醃製各種各樣小菜——朝鮮辣白菜、鹹蘿蔔、蒜茄子、酸辣椒、糖醋蒜等等。九月底時，過冬準備基本完成了，我們就抽出一部分人到關門村去幫助鄉親們搞秋收，打穀子和揚場。

國慶節晚上，剛會完餐，炊事班班長穆林來到營部，一見教導員和我就說：「我們的槍被偷了！」

「什麼？」我跳起來。「什麼槍？多少枝？」

「兩枝半自動步槍，」他上氣不接下氣地說，「是在下午被偷的，當時我們正忙著做晚飯。」

「這個作死的，又是龍頭他們幹的！走。」我帶上手槍和穆班長一起出去。刁教導員和文書牛喜也跟著來了，但他們沒帶槍。

在炊事班裡我們找不到任何罪跡，炊事員們說那兩枝步槍中午時還立在槍架上，等他們吃完晚飯，槍就不見了。沒錯，準是龍頭他們幹的。但沒有證據，我們能做什麼呢？我氣得大罵龍頭。

「高營長，」牛喜說，「今天下午我看見馬丁在灌木叢裡轉來轉去。他準是假裝砍柴。」

我對教導員說：「我們必須派一個班去把龍頭抓來。」

「爲啥這麼急？」刁樹問。

「這回不是報話機，是槍，我的教導員同志。」

「他們總不會用偷去的槍打咱們吧？」沒等我答話，他接著說，「讓那兩枝槍在他們手裡先熱乎一會兒，這也傷害不著咱們。龍頭做到時候了，這一次他是逃不掉了。我這就向團政治處彙報。團裡肯定會立即調查。」

他說得有道理，龍頭不是我們的敵人，絕不會向我們開槍。我不該魯莽行事；再說，我們還沒有找到證據。當晚刁教導員給團政治處打了電話，團裡說很快就派調查組來。與此同時，刁樹接到團部的命令，要我倆其中一人在一週內到龍門市報到，學習恩格斯的《反杜林論》，爲期兩個月。據說這個學習班是師部爲營級以上的幹部辦的。

刁樹和我商量此事，但眼下我倆誰都不願意離開營裡。他極力說服我：「老高，這可是個美差。伙食費一天一塊五，午飯六菜一湯。龍門是個大城市，在那裡你能看球賽，看電影，聽歌劇。另外，」他笑咪咪地眨眨眼，「那裡的姑娘漂亮啊，梳著長辮子。」

「老刁，謝謝你讓給我這個機會，但在那裡學習我會很不自在。那樣的書不管我怎樣動腦筋也弄不明白，等於活受罪。我不想在師部丟人現眼。再說這裡有許多事還沒做。車庫還沒有上頂，冬訓就要開始。不行，我不能在這個節骨眼兒上離開。老刁，磨練腦袋瓜是你的本職工作，你是咱們營的諸葛亮，你應該去。」

我倆誰也說服不了對方。倒也蹊蹺，第二天上午團部來電話命令我去學習班。好吧，我沒再爭，執行命令是軍人的天職。牛喜幫我收拾了行裝，那個星期六我就出發去了龍門。臨行前，我跟刁教導員囑咐過龍頭的事。「這一次，」我說，「咱們可不能放過他。必須讓他接受教訓，以後再做這種事時先得想上十遍。我不在乎把他關上三個月。看起來他得推遲婚禮了。他的龍鬚有必要拔掉幾根。」

「老高，放心吧，我會把這件事處理好。現在已經不是皮毛小事兒，而是拔龍牙、去龍眼的大事。」

4

龍門的確是個不錯的城市，乾乾淨淨。除了沒有長辮子的姑娘外，別的一切都像教導員所說的。每天午餐都有魚有肉，星期六晚上甚至還有啤酒喝。待在屋裡，吃得又好，兩個月我長了二十斤。但恩格斯的理論眞把我們折騰苦了。兩位龍門市大學的教授講得很好，儘量深入淺出，但我們還是不能理解《反杜林論》。眞難爲情啊，我們只得承認自己太老了，當不了馬克思和恩格斯的學生了。

學習班一結束，我同另外兩名軍官立即乘吉普車回到虎頭。在團部，我找到我的老鄉——幹部股股長劉明義，跟他談了文書牛喜的事。我在龍門聽說團裡要送一位基層幹部去第二軍事外語學院學三年俄語。牛喜是個好小夥子，應該去上大學。他給我理了兩年髮，我心裡感激，雖然嘴上從沒說什麼。劉股長也覺得牛喜是個合適的人選。

「不過，我們得查一下他的檔案，看看他的社會關係是否清楚。」劉股長對我說。

「當然沒問題，要不他怎麼能當我們營的文書？」

「老高，我知道，這只是個程序。」他抿嘴笑了。「你的脾氣一點兒也沒改，像個炮竹捻兒。」

我從掛包裡取出一條牡丹菸，遞給他。「拿著，這是給你的，老劉。」

「這可是好貨。」他笑著接過去，嗅嗅那條菸的頂端。「想不想今晚喝一盅？」

「不了，下午我得趕回去。」

他那對小眼睛瞇成一條線，毛茸茸的手朝我揮揮，示意讓我靠近些。我把椅子往前挪挪，胳膊肘倚在桌上。一位年輕的軍官正在往五、六米外的檔案櫥裡放文件。

「嘿，」他神祕地說，「你跟刁樹關係怎樣？」

「關係不錯。他是個聰明人，能說會道。」

「老高啊，我們都是從鄉下來的，肚子裡沒有幾道彎兒。你要小心刁樹。」

「怎麼回事？你聽到了什麼？」

「不要問我，我不能告訴你。你想過回家的事嗎？我不是說探親。」

「你的意思是轉業？」

他笑了，眨眨眼睛，用手尖兒捂住他的嘴。

我站起來。「老劉，謝謝你給我這個信兒。」

「我得感謝你帶來這條好菸。」他也站起來。「你可以告訴牛喜準備上大學去。」

從團部出來已經是下午兩點，我慢悠悠地朝公共汽車站走去。老劉的話很讓我吃驚。看來刁樹在背後做了些小動作。他能幹什麼呢？爲什麼要搞掉我呢？我想不出理由。根據劉股長透露的消息，我可能要轉業。我從來沒做過不負責任或與刁樹對著幹的事。他爲什麼要對我下手呢？

街面上覆蓋著冰雪，已被車輪和行人的腳步碾硬。一夥朝鮮族婦女每人拉著一輛地板車從對面走過，每輛車上載著一大塊長方形的冰。她們唱著歌，有說有笑；從她們的開心笑聲裡我猜得出她們在開玩笑。幾條街外一輛卡車在嘟嘟鳴笛；鐵轤牛車四下裡發出鏗鏗聲。在電影院拐角處有五十來人聚在一起看熱鬧。這是虎頭城裡唯一的影院。由於公共汽車三點鐘才離站，我也湊過去觀看。宣傳欄上貼著一張大布告，後面的觀眾在往前擠，要讀布告的內容。從二十米開外，我覺得布告上的第一張照片像是龍頭，所以就撥開人群到前面仔細看看。

沒錯，那是龍頭的相片，上面打著個紅叉兒。他的臉有些浮腫，一塊塊瘀血和一道道傷口展現在他的額頭和雙頰上。他的眼睛像是死魚眼，嘴唇比往常厚得多，蓬亂的頭髮向兩旁刺著，使他的頭有平時的兩個大。近看，他倒不如剛才從遠處看更像龍頭。照片下面印著醒目的標題：「盜竊軍械犯。」我驚呆了，趕緊讀他的罪狀：

龍雲，男，二十九歲，出身貧農，偷盜數件軍械，包括軍裝、兩臺報話機、兩枝半自動步槍等等。被偷的物件全已追回，龍犯在鐵證面前招認自己的罪行。過去三年裡，龍犯，綽號「龍頭」，帶領一群遊手好閒的人，破壞農業生產，陰謀毀壞國防建設。他統治著幾個村莊，是虎頭縣的一方惡霸。為平息民憤和鞏固邊防，本法院判處龍犯死刑，立即執行。

還有三人與龍頭一起被處死了。一個強姦了兩名婦女，另一個貪污了兩萬元，第三個偷了十四輛自行車。

我在心裡罵開刁樹。無論如何龍頭也夠不上死罪呀！他曾經是我們的朋友，寧願爲我們衝鋒陷陣；兩年後，卻被當作敵人給槍斃了。就是頭牲口也不能這樣處置。在龍門學習期間我曾經打過兩次電話給刁樹，談起龍頭的事，每一次他都讓我放心，說他會適當處理，並建議我集中精力好好學習。現在龍頭已經被處決了；刁樹怎麼能把這種結果說成是適當處理呢？

回到營裡，我直接去了教導員辦公室。刁樹正在伏案寫東西。看見我，他站起來，伸出手。「老高，你回來了，學習還好吧？」

「不壞。」我倆握握手。「刁教導員，我在虎頭城裡看到法院的布告，龍頭已經死了。你怎麼能做這種損事？簡直太卑鄙了！」

「老高，你憑什麼說我損呢？」他厲聲問。「我也不想讓他去死。上個星期我跟村民們解釋過，現在我再跟你重複一遍：如果我能救他一命我一定會盡力而爲。這是條人命啊。我可不願意讓任何人挨槍子兒。算他倒楣，正趕上打擊犯罪運動。有個人偷了自行車都被槍決了，何況龍頭偷的是槍！就是你在這裡，你也同樣做不了什麼，也救不了他。」

我奔出房間，砰地帶上門。刁樹總是能說會道的，但我再不相信他那一套了。他的巧嘴能說服關門村的鄉親們，可再也糊弄不了我了，雖然我不知道該怎樣跟他爭辯。

我想了一會兒，覺得他的話不是沒有根據。就是他從中斡旋，也不可能阻止整個陰謀。刁樹不過是一雙觀察龍頭的眼睛而已，他的任務只是向上級彙報。

晚飯前我找到牛喜，要問問事情的經過。我們走出營房，往山上爬去。冰雪在我們腳底下發出軋軋聲。「你離開的那天，」牛喜說，「調查組來了，共有三名團裡的幹部和一名警察。他們先把馬丁拘留。不費勁兒，馬丁就承認偷了槍。」

「那馬丁怎麼沒被判刑？」

「那天晚上他們沒放馬丁回家。第二天早晨龍頭來了，騎著那匹大黑馬，背上斜掛著兩枝步槍。他請求調查組釋放馬丁，聲稱自己負一切責任，說是他命令馬丁來偷槍的。調查組放了馬丁，監禁了龍頭。龍頭供認每一次他都在後面操縱，包括那六頂軍帽和兩臺報話機。我記錄下了龍頭的供詞，審訊的時間很短。龍頭一點也不掩飾。」

「你手頭還有那紀錄嗎？」

「沒有，第二天調查組就帶著紀錄離開了，還帶走了龍頭和那兩枝槍。」

「村民們聽到龍頭的死訊是怎麼反應的？」

「他們來到營房，又哭又罵，王四和那些民兵們捶著胸膛和腦袋大叫：『龍大哥冤枉啊！』那姑娘，龍頭的未婚妻，哭得昏過去，被抬進醫務室。刁教導員含著淚水安慰鄉親們，使他們平靜下來。他說他聽到這個消息後心裡非常難過，因爲他失去了一個好朋友，但我們營沒有參與定罪的事，也不知道怎麼會出現這種結果。他說的像是眞話，所以兩個小時後鄉親們就回去了。」

山下面，灰色的霧在關門村的二百多座茅草屋頂上蔓延。煤油燈和蠟燭畏怯地忽隱忽現，刺透暮靄。一隻狗叫起來，孩子們在街上的吵鬧聲像是森林深處的鳥兒的嘰喳聲。我不想繼續談龍頭，牛喜大概對這陰森的現實一無所知，所以我轉了話題，告訴他我已經安排好了，讓他去上大學。他看起來有幾分躊躇。

「我知道你在想什麼，小牛，」我說，「你對自己缺乏信心。」

「不是，高營長。我覺得自己能是個好學生，只要我肯用功。說心裡話，我不知道應該不應該去上大學，因爲我已經是幹部了。」

「你得這麼看，」我笑著說，「人的一生中，哪一個時期更長些——戰爭還是和平？」

「當然是和平。」

「那麼要在和平時期生存你就需要有技術，有知識。等你老了，你想還能像我現在這樣領兵打仗嗎？」

「不能，是不能。」

「那麼你應該去上學，一定要去。」

他點點頭。我們轉身要往山下走。牛喜停住腳步，說：「高營長，我想告訴您一件事，但不知道該不該說。」

「什麼事？說吧。」

「刁教導員說是他把您送到龍門去的。」

「他原話是怎麼說的？」

「他什麼也沒對我說。村民們走後，我聽到他在電話裡對團部說：『幸虧我們事先把高平送到龍門去了。』」

「噢，我明白了！」我吃了一驚，一件件事開始在腦子裡連接起來。我們開始下山。現在我理出了整個事情的頭緒。政治處命令我去龍門，是有意防止我干涉龍頭的案件。現在我清楚了爲什麼學習班裡只有我一個營級幹部，別人的級別都比我高。我在上級眼裡已經成爲不可信賴的人。爲什麼？爲什麼刁樹把我當作對手？

突然我悟出了事情的緣由──因爲我知道他的家史。不管誰知道他那段家史，隨時都有可能告發他，所以我成了他政治和軍人生涯中的一顆定時炸彈。他自己要生存，必須幹掉我，而完成他的計畫的第一步就是使我在上級眼裡成爲不可靠的人，這樣無論我說什麼都沒有人相信。刁樹搞這個陰謀一定有很長一段時間了。毫無疑問，團領導已經把我視爲刺兒頭。

正像劉股長跟我透露的，三個月後我就轉業了。

5

我離開部隊已經七年，時間一晃就過去了。這些年裡我過得不錯，擔任公社的武裝部長。大孩子在天津念大學，小的還在上初中。晚上我常和朋友們喝一盅，聊到深夜。我對生活還有什麼奢求呢？刁樹已升爲三師的政治部主任。他是個有能力的人，也許應當連升數級。牛喜在我眼裡仍是個孩子；大學畢業後他回到虎頭，擔任五團的翻譯已經四年了。上個月我接到他的一封信。信是這樣寫的：

敬愛的高營長：

請原諒我沒有及時給您寫信。您好嗎？夫人和孩子們都好嗎？近來我忙得焦頭爛額，因為邊境開放了，有時候我一天得工作十二個小時。貿易代表團、遊客、商人來來往往，俄語翻譯十分短缺。許多當地的企業和公司開始與蘇聯人做生意，他們求我幫忙。虎頭現在是個太平的城鎮——應該說是個城市。每天在街上都能看到蘇聯遊人和顧客，每天都有一趟出入境的公共汽車。雖然我非常忙，但並無怨言。我掙了很多錢，還白得到九雙皮鞋和二十多套西服。實際上，我現在正考慮離開部隊。我根本不愁工作。上個月哈爾濱師範學院跟我聯繫，問我願不願意去他們那裡教俄語。

尊敬的高營長，我從心裡感激您！七年前，您叫我去上學時，我猶豫不決，是您替我做了主。我們全家永遠不會忘記您——我們的大恩人。

有一件事我想您可能感興趣：上個月我隨師裡的代表團去參加蘇聯的建軍節。代表團團長是黃輿（您大概聽說過他；他是從二團來的）。宴會之後，我們喝咖啡，繼續交談。黃政委從文件包裡取出一個信封交給了蘇聯軍官們。您猜信封裡裝的是什麼？是一疊龍頭的照片。當他們傳看照片時，黃政委解釋說：「這個人是土匪，七、八年前他打沉了你們的巡邏艇。那的確是個不愉快的小插曲，但我們早就把他處決了。」我把他的話翻譯過去，那些蘇聯軍官十分高興。那一疊照片中有一張是龍頭被擊碎的臉——他的整個腦門都沒有了。事實上，只有我知道這個土匪曾是民兵連長，名叫龍雲，但我沒說什麼。

高營長，先讓我寫到這裡，等有時間我再給您多寫。

請帶問家人好。祝您健康。

敬禮！

您的戰士

牛喜

三月二十九日於虎頭

這些日子牛喜的信使我常常想起龍頭。龍頭是條猛漢，是虎頭縣的一條龍。他應該倒在戰場上。

1 Atransceiver，無線電收發機。

字據

自從二月分新兵到我們班以來，顧公就沒停止過欺負他們。雖然「老兵用新兵」是一條不成文的規矩，但顧公做得太離譜了——他要兩位新戰士給他洗碗筷、洗衣服、去郵局送信件，還要人家給他打洗臉水，好像他倆都是他的勤務兵。兩個新戰士跟我抱怨了好幾次。我讓他們放心——我一定說服顧公，讓他別再當老爺子了。可是沒等我跟他說，我倆就動手打了起來。

四月初的一個晚上，學完九大文件，我們準備就寢。一些人到走廊盡頭的水房洗腳去了，其餘的人則在屋裡脫衣服或鋪被。

「馮東，」顧公從雙層床上面喊道，「你忘了把我的洗腳水倒掉。」

馮東坐在下層床上，沒吭聲，繼續脫大頭鞋。我把皮帽子掛在牆上，轉向躺在床上抽菸的顧公。

「馮東，你這個新兵崽子，爲啥不倒我的水？」顧公一下子坐起來。

「我從沒這麼伺候過我爺爺。」馮東回敬一句，但好像是對自己嘟囔。

「在這個班裡我就是你爺爺！」

「算了吧，顧公。」我說。「你太過分了。自己用過的洗腳水怎麼能讓別人去倒呢？」

「怎麼的？我讓他把水倒了，要不夜裡有人上廁所會踩翻它。」

「那你更有責任把水倒掉。」

顧公臉紅了。「你算老幾，程永志？不就是個班長嗎？有什麼了不起的？多大個官兒呢，跟我卵子一般大。」

在場的人哄笑起來。我火了，衝過去把顧公拽下床，他連人帶被都落到水泥地上。沒等他爬起來，我朝他嘴巴踢了一腳。他跳起來，要過來跟我打，但幾雙手把他扭住了。

「你打人！」他吼道。「你身爲班長打自己的戰士。」他使勁掙脫著。「放開我，老子跟他拚了！」

我沒說話，朝門口走去，覺得應該出去待一會兒，以免再打起來。

「程永志，」顧公罵道，「我操你祖宗！你要是你爹做的，就別走。咱們來眞格的。」

虎頭城的天空上幾顆星星穿透了濛濛薄霧。我越過操場去營房後面的小溪邊，冷颼颼的風吹著我熱呼呼的臉。融化著的冰碴兒在水面發出細微的啪啪聲，黑暗中鳥兒嘰嘰嘎嘎地叫著。我心裡很感激副班長劉海生，他及時攔住了顧公，要不我倆準會打得不可收拾。無論怎樣，作爲一班之長，我不應該先動手。還有，顧公敦敦實實，是班裡的格鬥標兵。他是山東人，從小就練功習武。這是爲什麼沒人敢跟他較量。說實話，如果空手實拳地打起來，我不是他的對手。

我沿著溪邊走著，穿過樺樹林，直到寒氣浸透我的棉衣，刺疼我的皮膚。回到宿舍時，屋裡很安靜，除了幾個鼾聲起起落落，人人都睡沉了。我脫下衣服，上了床。顧公翻了個身，咬了咬牙，又打起呼嚕來。

第二天跟往常一樣——我們上午練習投反坦克手榴彈，下午在連裡的菜窖裡扒白菜幫子。顧公好像很平靜。我明白這件事還沒完，所以一整天都在想怎樣處理它。雖然心裡沒有確定的主意，但我相信最好動嘴不動手，和平解決。

令我吃驚的是顧公要跟我談談。傍晚，我抱著信件和報紙回到班裡時，顧公過來說：「程班長，我想跟你談談心。」

「好吧。」我儘量不動聲色。「你要什麼時候談？」

「現在。」他笑笑，不很自然。「咱倆能出去嗎？」

「當然了。」

我倆走出屋時，所有的人都默默地看著我們。既然我同意了，就得跟他去他認爲合適的地方。黝黑的夜晚有幾分暖意，煙籠的空氣一動不動。我們穿過兩排白楊樹，來到體操訓練的地點。他停下來，把手搭在雙槓上。

「程永志，我從來沒想到你那麼猛實。」他臉上帶著詭祕的冷笑。

「顧公，咱倆同年入伍，我並沒想讓你在新兵面前下不來臺……」

「但你打了我！日你娘的，連我爹都沒那樣踢過我。」

「你聽我說……」

「昨晚兒你那麼野。現在你再撒撒野。」

「你到底要幹啥？」

「要跟你算賬。咱們今晚在這裡玩兒上幾盤兒。」他的小眼睛在黑暗中閃著凶光，他兩手互相搓著，好像在準備比賽摔跤。

我盡力保持冷靜。「聽著，顧公，我們是革命軍人，不應該像街痞一樣。我玩兒不來你那一套，只會像戰士一樣打仗，所以我拒絕跟你玩兒一盤兒。」

「你草雞了。那好，讓你爺爺教訓教訓你。」他衝上來。

「住手！」幾個聲音同時喊道。副班長劉海生、趙民、王龍雲來了。他們截住顧公，一邊勸說一邊拖他回宿舍去。雖然顧公的胳膊肘在掙動，但兩腿好像乖乖地跟著他們離開。

他邊走邊罵：「膽小鬼，膽小鬼！你不敢正經八百地打一仗，光會趁人家沒防備，踢一腳就跑。膽小鬼，你不配當班長。」

他們已經出了操場。我獨自站在那裡，火氣攻心。該咋辦呢？徒手跟他格鬥？我根本打不過他，那格鬥有啥用呢？他們剛才全都看得清清楚楚，一定以為我被他嚇住了。該咋辦呢？我必須制止他。但怎樣才能呢？

十分鐘後我回到班裡。我一進屋，大夥都停止了說話。馮東畏怯地看著顧公；姓顧的默默地假笑著，鼻孔吐著煙。我抓起一把火鉤，給爐子裡的煤渣戳了幾個窟窿，然後加了三鏟煤。火苗呼地竄起來，劈啪作響。我抬起頭，看見顧公倚著床站得筆直；他下巴上翹，兩眼瞇縫地斜視著我。從我進屋後，還沒有人出聲。

我在桌邊坐下，取出張紙，開始寫起來。我是這樣寫的：

今晚，戰士顧公向一連八班班長程永志挑戰，要徒手格鬥。經過考慮，我們認為打架不合乎軍人的風格，所以我們決定使用武器。我們相信子彈應當留著打蘇軍，而我倆應該用刺刀來決定勝負。我們拚刺時，全班將在場，我倆將一直拚到其中一人無力抵抗為止。如果一方不幸受傷或死亡，均由個人負責。本字據簽於四月五日。

程永志

顧公

我簽了名，但找不到紅印泥，就用一條墨棍兒塗塗拇指肚，在我名下蓋了手印。我把這張紙遞給劉海生。「給全班讀一下。」我說。

劉海生鏗鏘有力地讀著字據，我到槍架上取下一枝半自動步槍。刺刀在我的虎口下打開，刀鋒畫了個圓弧，咯噹一聲緊緊地套在槍口上。我用一條抹布擦擦淺灰色的刺刀，打量著顧公。他臉色灰黃，額頭上布滿了細小的汗珠，眼睛盯在地上。我心裡咚咚直跳。

「我在操場等你們。」我開門走了出去。

一進走廊，我聽到顧公在屋裡喊：「他是孤兒，可我家裡有爹娘！」他說的是實話。

我在楊樹間來回踱步，點了支菸抽起來，槍在我身上好像沒有重量。微風吹著我的頭髮。我很沉靜，感覺到春天就要過來了——它從南方延伸到北方，再擴向西伯利亞。暗紫色的天空向四邊鋪展著，緩緩地彎向中國和蘇聯的簇簇山巒。我在操場上等了整整半個鐘頭，直到副班長從夜色裡出現。

「顧公把頭埋在被子裡了，熊了。」劉海生笑呵呵地說。

「我最好先別回去。你照顧一下班裡那邊。如果有事兒，就到連部學習室找我。行嗎？」

「沒問題。」

我以爲連領導會訓我一頓，要我寫檢討批評自己破壞團結。但當我跟他們彙報完這件事後，他們卻滿不在乎。凌指導員眨眨眼睛說：「小程同志，記住：絕不能先動手。」

兩個月後我被提升為二排排長。

季小姐

我們打掃完教室，在地板上鋪上稻草做床鋪，然後全班第一次坐下來開會。地板上釘了方木，好擋住稻草，我們坐在方木上，輪流自我介紹。班長說他名叫魯海。他跟我們這些新兵不一樣，已經在五團服役兩年了。

接著我們三言兩語地介紹自己。最後發言的是位小白臉兒，他說：「我叫季軍，今年十九歲，從小是孤兒，是從吉林省榆樹縣來的。我參軍的目的是要報答黨和人民對我的養育之恩。蘇聯修正主義者在邊境上集結了百萬大軍，妄圖侵略中國，所以我有責任到前線來，用自己的鮮血和生命保衛祖國！」

我們誰也沒料到這個瘦弱的傢伙能講得這麼激昂。發完言後，他嘴唇仍在顫動，細長的眼睛還放著光。

大家開始對他另眼相瞧，會後有幾個人跟他聊起來。我以為季軍一定是高中生，不像我只上完小學。我眞想跟他拉拉近乎，但不知道怎麼著手。

晚上我們一起讀報紙，關奇和季軍換班讀一篇社論——〈堅決打擊蘇聯沙文主義〉。學習完後，我們準備就寢。吳德生仍坐在方木上，笑嘻嘻地說：「季軍，你讀報的時候眞逗。」

「逗什麼？」季軍問，兩手在解鞋帶兒。

「你的嗓音甜得跟個姑娘一樣。」

「去你媽的！」

我們都笑了。吳德生眨眨眼。「這跟我媽沒有關係。你眞的聽上去像個姑娘。范雄，你說對吧？」

他是問我，但沒等我開口，王福凱就插了進來：「你們看，他長得也像個大姑娘。」

「我像你奶奶！」

我們又笑了。季軍確實像個女孩子，白淨的臉，柳彎眉，粉紅的雙頰，纖細的手腳。「這可是一個重大發現，」宋昂說，「一位女士來到了我們中間。」

「季小姐，見到您眞榮幸。」關奇伸出手。

「季小姐，您好嗎？」

「歡迎您到我們班來，季小姐。」

「小姐，我能幫您做點什麼嗎？」

「我操你娘！全都操！」

魯班長止住了我們。「好了，別鬧了。」他轉向季軍。「別往心裡去，小季。他們是開玩笑呢，不是存心傷害你。」

第一天夜裡我們沒睡好。十一點整一支小號在走廊裡吹響，像一隻鵝掙命地嘎嘎亂叫；我們立即跳起來，暗中尋摸衣服和鞋帽。宋昂搬弄幾下開關，斷電了。魯班長下令：「緊急集合！全班打好背包，帶上武器跟我出去。」

我們在大稻草鋪裡亂成一團。張民找不到他的襪子，急得罵起來，他的大塊頭把我擠到一邊。季軍忙著穿衣服，怪聲怪氣地哼著。一只牙缸噹啷一聲落到地板上。「宋昂，你把我的帽子拿去了。」那是吳德生的聲音。

「別說話！」班長喊道。

我忘了怎麼打背包，打了兩次都沒打好，就乾脆把被子和枕頭捆成一個行李捲兒。謝天謝地，我在稻草裡摸到了自己的棉手套。我背上行李，衝向槍架去取槍。

我們跟隨魯班長跑進星光明亮的寒夜。地上滑溜溜的，空氣刺人的乾冷。「戴上鼻罩。」班長命令說。那是一片兒毛氈，可以繫在兩個帽耳朵上，以防凍壞鼻子。我們邊跑邊執行命令。許多班已經到達操場。我們一到那裡，魯班長就向蘇仁連長那邊跑去報到。另外兩個班奔跑過來，他們的大頭鞋敲擊著冰凍的雪地。

「同志們，」蘇仁連長喊道，「我們剛接到命令，前方打起來了。團部命令我們一小時之內趕到前線，迎擊敵人。」他停頓一下，又喊，「向右轉！」

我們都轉過去。連長跑到隊列的前頭。「一班跟我來！」

一會兒隊伍就沿著一條小徑，單人一行地向虎頭城跑去。從我們駐紮的中學到城裡有五里地遠。夜色微微泛光，懶洋洋的風吹動著團團雪塵。銀亮的北斗七星閃閃爍爍，一直伸到遠方的山頭上。夜很靜，只有我們的大頭鞋發出踏雪的響聲，和壓低了的人語聲：「跟上！」或者是「口號——勝利。」

進城後我們並未繼續往北跑，而是圍著幾個街區轉了一圈，然後又向中學跑回去。我兩眼盯住季軍的背包，好像它是塊磁鐵能拖著我前進。我兩腿發軟，似乎不是自己的了。

我們回到學校時，教室裡燈火通明，屋裡亂七八糟，地上撒落著牙缸、行軍壺、枕頭、牙刷、襪子、照片、子彈帶、筆記本、手套、襯衣等等。

「這是什麼呀，范雄？」鄭原拍著我的後背問。「這是背包還是草捆兒？」

同志們看見我的行李捲兒，都高呼起來，有幾人還鼓掌。我好不自在，但沒吭聲。

「你們看呀！」宋昂喊道。「快看季軍的屁股。」我們全轉過頭，發現季軍的褲子穿反了，前門開在屁股上，全班都爆笑起來。季軍轉過身，坐到窗檯下的暖氣包上。「我沒——沒時間脫下來重穿。」他臉紅了。

「沒關係，你用不著前開門嘛。」宋昂說，用手絹擤了擤他寬肥的鼻子。我們又笑起來。

不久兩句詩就在連裡到處流行：

季小姐，逛邊城，
前門後開露光。

這兩句詩一下子就把季軍的綽號在戰士們的心中建立起來了。他毫無選擇，只能接受這個稱呼。我們叫他季小姐，並沒有惡意，新兵的生活太枯燥了，大夥兒得設法開開心。

起初每當我們談論戰爭和兵器時，季軍總要插嘴，但他對軍事學知道得很少。雖然他說要打老毛子，可他不是做軍人的料，甚至連「戰術」和「戰略」的區別都不懂，把這兩個詞混用。他沒法跟別人談論戰役和武器裝備，就退到角落裡自己讀書，或在一個綠皮筆記本裡畫畫寫寫。他每天都寫日記。

他雖然喜歡讀書，但學問很小。實際上，他才念完初中一年。班裡有些人比他學問大多了。例如宋昂對兵器和戰爭知道得多極了，而且身強力壯，百米能跑十一秒六。宋昂的父親是旅順基地的導彈驅逐艦的艦長，所以宋昂讀過許多內部文件和書籍。他爲我們提供各種各樣的信息，特別是軍艦和海岸炮方面的，還給我們描述了蘇軍能載洲際導彈的核潛艇。關奇也是學者。他看上去像個學究，閱讀時總要戴上鋼絲眼鏡。此外，他還有作戰經驗。他給我們講述了怎樣和幾位夥伴把T—三四坦克開上街，用坦克上的兩挺機關槍掃射樓房。樓裡藏著一些跟他們持不同革命觀點的造反派。他們還夜襲飯館，刺刀上插滿油條和燒雞，凱旋而歸。

我睡在季軍和張民之間。張民以前跟我是同班同學，睡起覺來直打呼嚕。對我來說這沒關係，因爲我夜裡也常出動靜。季軍倒不打呼嚕，但他手腳不老實，夜裡不是踢我一下就是給我一胳膊肘。當我抱怨說他總打「夜戰」時，大家都說我運氣眞好，每天都能跟一個活蹦亂跳的女士同床。然後他們就對季軍說，「季小姐，你就跟我好吧。」「季小姐，今晚咱倆能一塊兒睡覺嗎？」「小姐，你看我怎樣？帥不帥？」「多少錢一晚上，小姐？」季軍從不還嘴，只是氣呼呼地瞪著那些發問的人。

一天夜裡，他把我捅醒，悄聲說：「看呀，看那個姑娘，漂亮吧？像棵小柳樹。」他笑了笑，又說了些不清楚的話。

我推開他的手，罵了一句：「去你的吧，作夢娶媳婦！」

他轉過身去，又睡起來。

第二天我跟全班講了季軍夜裡說的胡話。他們坐成半圈兒，你一句我一句地問他什麼樣的姑娘長得像柳樹呢？到底是什麼柳？垂柳？楊柳？紅柳？青柳？季軍急了眼，忘記了夜裡說些什麼，以爲我在編瞎話。「范雄，我操你妹子！你人不丁點兒，可撒的謊比天還大！」

我沒跟他爭辯，只說：「我沒有妹妹。」

「小姐，」吳德生插話說，「要是他有，你怎麼能做得了呢？」

「我操你媽！」

「那你得讓我看看你那傢伙多大。」

大夥笑成一團。吳德生笑得把手裡的菸絲撒了一地，菸也不捲了。

季軍跟我們一樣，喜歡女人。他說他未婚妻的父親是公社主任，可誰也不信他的話。好幾回我偷偷地翻翻他的日記本，看他到底有沒有女朋友。令我掃興的是他光寫些如何打擊蘇修侵略者和保衛邊疆的話。有一天他竟寫下：「即使爲偉大的祖國死上十回，我也毫無遺憾。」我從未對任何人提起他的日記裡的內容，雖然他的真摯勁兒給我留下很深的印象。

季軍經常和鄭原爭論關於女人的事情，吹噓說他的家鄉盛產美人，好些姑娘的臉蛋白嫩得像新鮮豆腐。他這個毛病使他和鄭原成了冤家對頭。鄭原也會瞎吹，對他的話你總得打折扣。他說他外公是北朝鮮的一位高級將領。就是說他爹是中國人，他媽是朝鮮人，他本人是個雜種。他千方百計地要我們相信他媽是世界上最美麗的女人。我懷疑他的話，因爲他個子矮矮的，雖然已經十八了，比我還大兩歲，可他比我矮三吋。一個大美人，一個將軍的女兒，怎麼能生下這麼個粗實的、長著豆眼兒和虎牙的矬子？季軍從來不相信鄭原的話，總要將他一軍：「別光吹你媽了。讓大夥兒看看她的相片，見識見識這位下凡的仙女。」

當然鄭原從未拿出他媽的照片。但他要跟季軍在練兵場上決一高低，因爲季軍是連裡最差的士兵。每回他倆被派在一起練習拚刺，鄭原就用木槍的橡皮頭專刺季軍的小臂和手背。他輕易地就能一槍到位。季軍根本不會防刺，一旦被刺中，他就把槍扔到地上，蹲下來搓揉傷處，罵鄭原是高麗蠻子。一週以後季軍的手背和胳膊上青一塊紫一塊的。他乾脆拒絕跟鄭原一起練習。班長沒辦法，只得給他另派對兒。

更糟糕的是季軍不會扔手榴彈。不管他怎麼練，總超不過十六米。鄭原看見手榴彈落得這麼近，就對季軍說：「我用腳也能扔那麼遠。」他是班裡的「小鋼炮」，出手至少四十五米。

投彈的最低要求是三十米。我只能扔二十八米。雖然我和季軍都過不了關，但沒人笑話我，因爲我的成績很接近，還有，我比他小三歲。到了實彈投擲時，誰都怕跟季軍分到一組。由於我倆都扔不遠，丁排長就把我和季軍派成一對兒。

靶場設在南山下的一片玉米地裡。地頭有一條深溝，別人在地裡投彈時，大家就藏在溝裡面。同志們兩人一組地出去，每人只扔一枚。人人都過了關，並說實彈比訓練用的假手榴彈輕多了。等輪到我時，我已經多少習慣了爆炸聲，可心裡還是跳個不停。我擔心季軍。丁排長給季軍和我每人一顆實彈，指著地裡的一個大三角區說：「沉住氣，把手榴彈扔進那個三角裡。」那片投彈區是他用靴子在雪地裡畫出來的。

季軍在我右面，排長在左面。我倆擰掉鐵蓋兒，把引爆環套在小手指上。

「預備——」排長舉手高喊，「投！」

兩顆手榴彈飛出去，像鳥的翅膀哧哧作響。我倆隨即臥倒。排長趴到我身上，用身體覆蓋住了我。一顆手榴彈在遠處響了，接著另一顆就在我們前面爆炸了。我兩眼一黑，一時什麼都聽不見了。空中盡是硝煙和雪末；我覺得脖頸發木，帽子也飛了。

「炸死了！」幾秒鐘後有人從溝裡喊。「喂，炸傷了嗎？」

沒人回答。丁排長吃力地坐起來。「太可怕了！天啊，太可怕了！」

幾個人跑過來。季軍和我還趴在地上，一動不動。「怎麼了？」魯班長問。我轉過身子，拚命地爬起來。

「太可怕了，他只扔了九米。」排長指著季軍說。

「你還好嗎？」宋昂問我。他把碎玉米從我的皮帽上摘掉，然後給我戴上。

「不知道，」我呻吟著回答，「我好迷糊。」

這時季軍已經被扶起來。他坐在地上，滿臉都是血。關奇朝溝裡的人喊：「嘿，快拿個急救包來！」

「季軍好像沒傷著。」宋昂說。

「我沒事，沒受傷。」季軍說。「我有出鼻血的毛病。對不起，我沒扔好。給我腦門上抹把雪，頭一涼，鼻血就止住了。」他聽起來很鎮定，簡直像個老兵。

大家鬆了口氣，但還是沒人說話，都還沒從驚嚇中緩過神來。排長告訴我，我投了二十九米，離標準只差一米，他就讓我過關了。我真高興，雖然一塊彈片把我的帽子打了個窟窿，雖然兩耳還不時地嗡嗡鳴響。全連只有季軍一人沒及格。

沒幾天另兩行關於他的詩出現了。全連除了喊以前那兩句詩外，也這樣喊：

季小姐，投手雷，

鼻口竄血玉顏碎。

季軍名聲越大，他就越少說話。即使有人在他面前吟那幾句詩，他也不聞不見。夜裡他不像以前那麼不老實了，不經常捅醒我。但大家仍舊逗弄他，甚至有人送給他鬆軟的手紙，說他該來月經了，也有人求他縫紐釦，還有人宣稱自己是他的新郎倌兒。

有一件事誰也無法指責季軍：他飯量不大。除他之外，我們吃起飯來都像餓狼。一開飯，大家就先猛楦下一碗高粱米飯，好去盛第二碗。新兵連是剛組建的，沒有積蓄，而且大多數新兵來自農村，肚子裡沒有油水，所以我們一端起碗來就放不下。吃不到足夠的蔬菜，一個月下來十幾人得了雪盲症，還有許多人陰囊爆皮，走起路來搖搖擺擺，變成了羅圈腿。我們團向師裡求援，求上級發點兒維生素。

可是季軍卻好模好樣的，好像屬於另一個物種。每頓他只吃兩碗高粱米飯，而我們每人至少吃他的雙倍；就是這麼個吃法，練起兵來，還餓得慌。我從未聽季軍喊過餓，也不清楚他吃那麼少是由於飯量小，還是爲了保健而不暴飲暴食。總之，他吃起飯來不像男人。

一個星期二上午連裡舉行了憶苦思甜會。午飯每人發了兩個黑窩頭，是用穀糠和野菜做的，好讓大家嘗嘗舊中國的苦。我們吃不下這種東西。許多人偷偷把它們扔了，但季軍卻吃得有滋有味兒。班裡只有他把兩個窩頭全幹掉了。下午訓練時，大家都抱怨肚子餓得咕嚕直響，可季軍說我們全被爹娘慣壞了，根本不知道苦難的滋味兒，難怪我們都是些王八蛋。

不過他得意得太早了。晚餐是思甜飯，好吃的東西不少——炸豬肉、豆芽炒蛋、紅燒明太魚。因爲大家沒吃午飯，寬敞的食堂一下子成了戰場。主要戰役圍著兩口盛著麵條的大行軍鍋展開。一批又一批戰士手持碗筷衝上去，專撈乾的，裝滿碗之後撤回到飯桌。我也往前衝，高舉著筷子，怕戳著別人的眼睛。我快到達行軍鍋時，季軍從左翼出現，直喘粗氣，也在往前擠。我彎下腰去撈麵條，季軍也開始下手。突然一聲轟響，麵條濺了一地，人群四下散開。我後退幾步，用手背擦擦臉，定睛一看，只見季軍坐在鍋裡，光著頭，鼓著眼。鬼知道他是怎麼掉進去的。

他爬了出來，褲子上盡是麵條和白菜葉，一聲沒吭就跑出食堂。魯班長立刻放下碗筷，跟了出去。季軍的皮帽子還在鍋裡漂著，像隻死雞。笑聲響徹食堂，許多人到鍋那邊去看個仔細。

倪指導員來了，開始呵斥我們：「你們還是革命軍人嗎？怎麼這麼不守紀律？把自己的戰友推進滾熱的麵湯裡去。你們還有沒有無產階級的感情？不覺得慚愧嗎？麵條吃下去肚子不疼嗎？」

大多數人停下筷子，因爲一開口就會笑出聲來。宋昂和我放下飯碗，回班裡去看看季軍。魯班長和他正坐在屋裡，全屋都是醬油味兒。季軍穿著白襯褲，默默地哭著，他的大頭鞋和棉褲都在暖氣包上烤著。宋昂說：「季軍，別往心裡去。倪指導員在飯堂裡把他們熊了一頓。」

「不是你的錯。」我加上一句。

季軍沒吱聲。我倆做不了什麼，就回到食堂把飯吃完，也好給季軍和班長帶回晚飯。大廳裡，人們還在談論著，邊吃邊笑。「季小姐」成爲各桌的話題。

沒多久又有兩句詩流行起來。那首打油詩如今又多了兩行：

季小姐，愛麵湯，
跳進鍋裡全喝光。

這回他可名滿全連。別排的士兵常常以各種藉口來我們班看他，一般他們都說是來看老鄉的。這樣我們三班就成了連裡最熱鬧的地方。除了季軍，我們還有會講故事的關奇，他給來訪的人講三國和五俠。

新兵訓練中最難的一關是俄語──我是指對我們當中不懂俄語的人來說。課本並不大，四吋長三吋寬，共有八頁，由十五個句子組成，其中包括「舉起手來！」「站住，不許動！」「這是中國的領土！」「不要爲蘇修帝國主義賣命了！」「打倒新沙皇！」「繳槍不殺！」「跟我走！」

關奇和宋昂中學時學過俄語，所以這些句子對他們來說不在話下，但其餘的人則不分晝夜地背呀，念呀，記住每一個詞裡的每一個音節。我們在每個音上面標上漢字，將這些沒有秩序的字音記下來。在練兵場上我們放聲喊出這些俄語，可沒有人明白我們喊些什麼，也不知道該怎樣執行發出的命令。吳德生一急之下哭出聲來，因爲不但俄語，連漢語他也說不好了。用季軍的話說，「他嘰哩咕嚕地嘴裡像含了根驢屌。」吳德生一連幾個小時向我們直齜大牙。

除了我們的俄語專家——關奇和宋昂——之外，季軍俄語算是學得不錯。他比我們這些無知的人都強。當然了，他比誰都用功。他能清晰地發出每一個音節，但他的句子還是不很連貫，太呆板。吳德生經常抓住他，要跟他一道練習俄語。季軍的聲音又細又平和，而吳德生的聲音又粗又沙啞。每當他倆在走廊裡練習，我們就豎著耳朵聽。「不，不是這樣。」季軍糾正說。「別光咕噥，要大聲喊，張口就把他們震住。」

雖然季軍對自己的俄語十分滿意，但他不敢在關奇和宋昂面前賣弄。宋昂有一回要多教季軍幾句俄語，但季軍既不接受也不拒絕，只是說：「讓我想想看。」

「你不想知道眞正有意思的俄語嗎？」關奇插進來，對季軍眨眨眼。

「我想知道你媽的事兒。」

我們都笑起來。

「季小姐，」關奇繼續說，「你如果眞想學那些俄語，就必須改變你的生活作風，不能跟誰都亂來，而且得先嫁給我，要不我怎麼能讓你明白那些話的含義呢？噢，對不起，我忘了你已經不是處女了。你當然能懂。」

一屋子的人都爆笑起來。季軍沒吭聲，咬著牙，狠狠地瞪著關奇。

訓練的最後一週裡有一次強行軍。這回一切都預先告訴了我們，包括進軍路線、任務、抵達時間。吃完晚飯，每人又給了兩個饅頭，說是夜裡好吃。跟別人一樣，我把它們立即消滅掉，覺得裝在肚子裡比背在身上強。季軍沒吃掉饅頭。他總比我們多個心眼兒。

我們在八點半出發。路上雪很深，空氣中有樺樹和松樹的清香。我們全副武裝，一會兒走，一會兒跑，穿過田野、溝谷、山崗、森林。我們的任務是在十一點前到達六指山，圍殲蘇軍的傘兵。風漸漸鬆緩下來，氣溫越來越低，月牙在清澈的天空上搖動著。不時地一群烏鴉或野雞被我們驚散，飛起來，消失在夜色裡。遠處的山谷裡狼在嚎叫。

現在已經十點十五分了，還有九里路要趕。我們加快了速度，開始跑步前進，漸漸地隊伍拚命地奔跑起來。「跟上！」丁排長低聲命令。我們沒命地跑，空氣中振動著腳步聲。不知誰的水壺落到地上，又被踢了一腳，叮叮噹噹地滾下山崖。一會兒，六指山在前面出現了，像一簇巨大的蘑菇。

十一點整軍號吹響了，我們向山上進攻。有人用俄語喊：「繳槍不殺！」接著整個山坡上響起各種各樣的俄語。

我覺得頭重腳輕，好像地面在腳下晃悠。季軍在我前面，步槍橫在背包上，兩手拽著樹枝拚命地往山上爬，但他爬得很慢。

我們離山頂只有一百米了。突然，三顆紅色信號彈刺破天空，畫出三個大問號，地上的一切都被照得清清楚楚，鍍上了粉紅色。這意味著敵軍已經被殲滅，我們已占領主峰。我全力往山上衝，趕上了季軍。他趔趔趄趄，停住了腳步，雙手仍抓著松枝。

「季軍，趕緊衝啊。」我說。

他搖搖頭，好像要倒向一邊。鄭原上來了，在季軍的後背上拍了一掌。「要幫忙嗎？」季軍又搖搖頭。鄭原繼續往山頂爬去。我急了，對季軍喊：「快點兒呀，咱們一塊兒走！」

他一隻拳頭頂在胸口。「啊，餓死我了！」

「咬一口饅頭，快。」我從他的掛包裡掏出一個饅頭，但沒送到他嘴邊。饅頭已經凍得梆梆硬，像塊石頭。「這不能吃了。咱們快走吧。」

他淚汪汪的，又開始往山上爬。但他兩手一鬆開樹枝，就摔倒了，滾下山坡，還帶下去幾塊大石頭。我嚇壞了，大聲喊：「魯班長，季軍昏倒了！快來救救他呀！」幾個人跑下去找季軍。山崗上響起一片叫喊聲：「季小姐昏過去了！」接著歡笑聲起起伏伏，大家一下子都忘記了疲勞。

季軍眞幸運，沒傷著。我們抬他下山時，我吃驚地發現他的棉衣、棉褲全濕了，甚至皮帽子都浸透了汗水。他一定非常虛弱，即使出發前他吃掉那兩個饅頭，也不一定能爬到山頂。我們把他放到馬車上，給他裹上兩件皮大衣。馬車把他和炊事員們一起送回家去。

第二天一早，沒想到季軍照樣出早操。他眞夠堅強的。

他昏倒在山上這件事成了兩句新詩的題材。這回我沒參加創作。鄭原作詩最積極，但他不是詩人，連一個字也添不上。宋昂和關奇是主要作者。現在〈季小姐〉這首詩有了第四節：

季小姐，胃口弱，
上了戰場想吃饃。

一天下午王福凱抱怨說這首打油詩還缺點什麼。大夥兒都同意，但絞盡腦汁也無法再續上兩行。詩歌必須反映眞實生活。沒有事實根據，那些富有詩意的腦瓜無論怎樣轉動，也轉不出另一節關於季軍的詩。如果詩裡說的不是實際情況，我們都不能接受，因爲那等於誹謗季軍。

再有幾天我們就要下連隊了。好幾個人忙著再作兩行詩，但毫無進展。直到最後會餐那天這個項目才有所突破。

每班將在自己的屋裡就餐。我們用暖壺裝酒，用臉盆打回飯菜。大家終於可以盡情吃喝了。當然不是所有人在這最後幾天裡都高興，因爲有人分到好的連隊，有人分到次一些的。宋昂、鄭原和我被分配到駐紮在關門村的炮營，關奇和王福凱將去守在方石溝的四連，張民被分派到駐在劉家村的偵察連，季軍將到馬蹄山上的九連去。最幸運的是吳德生，他被分到團部的運輸排，就是說他將學開卡車。他是條大漢，是駕駛坦克的料。王福凱很害怕，因爲他們連駐紮在前線。在我倆去伙房打涼菜的路上，他對我說，「我得趕緊給我爸寫信，求他找找門路把我調到內地去。」他父親是三十九軍的師參謀長。其實，季軍的連隊駐在最前線，離邊境才四里，但他好像很平靜。看來我們當中他將是第一個去見蘇軍的人，他已經準備好了。

從那次強行軍以後，季軍話更少了；一有空兒，他就獨自讀書。與我們不同的是他有時間，不用寫家信。他在新兵連待了兩個月，只寫過一封信，是寫給他們公社的。現在，再有幾分鐘晚宴就要開始了，他仍坐在窗戶那邊讀毛主席詩詞。雖然他表面上對這頓飯不感興趣，可我看見他不時地向地板上的酒菜掃一眼。

「季小姐，放下書吧。」關奇說。然後他轉向我們，放聲宣布：「現在開宴。」

我們全站起來，季軍也同樣，大家舉起牙缸。魯班長祝酒說：「祝你們每人都前程萬里！」

「乾杯！」

「乾！」

大夥兒全仰頭把缸子裡的酒喝光，然後都轉向季軍，沒想到他也喝光了。「季小姐，你還有兩下子。」吳德生說。「來，爲咱們的友誼乾一杯。」

「誰是你的朋友？」季軍斟滿了自己的缸子，一臉凶相。「來，乾杯。全都乾，不光是吳八戒自己乾。」

大家又乾了一杯，接著開始吃起紅燜肉和炸黃花魚。我有些惡心，已經喝多了，就坐下來，吃幾口蘑菇炒蛋。此時別人都在大吃大喝，胡吹亂侃，談論著各自的連隊和將來的工作。

誰也沒料到季軍酒量這麼大。四、五缸過後，大部分人都站不起來了，只有宋昂和吳德生還在陪季軍喝酒，雖然大家都沒停嘴吃菜。季軍又要跟他倆乾杯。宋昂翻翻圓眼睛說：「等一會兒，我得先放水。等我肚子裡騰出地方來咱們再接著喝。」他轉過身問我，「小范，想撒尿嗎？」

我搖搖晃晃地跟他出去了，害怕季軍逼我喝酒。我倆沒去廁所，就在校舍的側門外面尿起來，反正就要離開了，不必打掃衛生。我們的兩桿兒尿在冰雪上鑽著窟窿，宋昂仰天長吟：

熱尿化開千層冰，
良肥灌溉萬畝田。

「好詩。」我說。冷風呼嘯著。

「要是能把〈季小姐〉那首詩作完就好了。」他說。

我倆回到班裡時，只有季軍站在屋裡，吳德生趴在地板上。「他已經被我放倒了。」季軍指著他說。「你們都不是男子漢。宋昂，該輪到你了。」

宋昂齜牙笑笑，抓起一只暖瓶。「咱——咱們用這個大杯子。」

「好！」季軍從地板上拿起另一只暖壺。他倆一手扠腰，一手舉著暖瓶喝起來，好像在吹喇叭。三分鐘後，宋昂倒在地板上；他倆誰都沒喝完壺裡的酒。季軍瞪著我，臉上抹著淚水和燒酒。我以爲他要逼我喝下去，沒敢說話。

「我操你們祖宗八輩！」季軍罵道。「老子是到邊疆來打老毛子的，可得先受你們這幫流氓的窩囊氣！」他砰地一聲把暖瓶摔在地板上。班長哼了一聲，但沒爬起來。

季軍又哭又叫。「媽的，你們要是你爹做的，全都站起來，跟我喝下去，像個男子漢！鄭原，你說我胃口太小，來，咱們再吃一碗。」

誰也沒料到鄭原眞地坐起來，平靜地說：「季小姐，咱倆再吃。」他端起一碗米飯，季軍也拿起一碗，兩人吃開了。

我們幾人掙扎著坐起來，觀看比賽。他倆很快就吃完了米飯，但鄭原不再吃了，說肚子疼。誰還能吃呢？我們每人都已經吃了好多碗。

這時吳德生爬起來，挑戰說：「季小姐，咱倆比賽吃辣椒。」

「好，老子奉陪到底。」季軍氣喘呼呼的，直流鼻涕。

他倆各盛了半碗飯，用辣椒麵蓋滿，把白米和紅粉末攪了攪，然後吃起來。吳德生的筷子慢慢地撥著飯，而季軍則大嚼大嚥，鼻子裡發出水泡聲。

忽然季軍倒了下去，飯碗蹦跳著滾到暖氣包上，撞成碎片。他兩腿抽搐著，身子不停地晃動，嘴裡喊救命。我們嚇壞了，不知所措。

宋昂站起來，走過去。「怎麼啦，季軍？」

「噢，噢，我肚子撐破了！」

魯班長從床上爬起來，來到他身邊。「轉過身。」班長幫他轉過去，使他趴到地板上。「對，就這樣，快往外吐。多吐出些來。」

「噢，我吐不出來，嗓子卡住了。噢，噢……」季軍渾身冒虛汗，嘴唇發紫，臉色蠟白。魯班長蹣跚著走出屋，去叫救護車。

我們都嚇得醒了酒，聚在季軍身旁，但不知道該做什麼，只把一條濕毛巾放在他的額頭上。季軍一刻也沒停止過呻吟，渾身顫抖。「季軍，你怎麼樣了？」吳德生問。

沒有回答聲。我們以為他要死了。我想起另一個連裡的一位新兵把自己撐死了——他吃了三十多個羊肉包子和好多生蘿蔔。死後醫生給他剖腹檢查，取出他的胃來。那胃大得像個臉盆。

救護車來了，把季軍拉到團部醫療所去了。連裡的衛生員陪他上了車，而我們則待在家裡焦心地等他的消息。直到後半夜才來電話說季軍脫險了。我想醫護人員將給他剖腹，但他們沒那麼做。他們給他灌了好多豆油，使他嘔吐；他們還給他灌了腸。雖然病情穩定了，他得在那裡住幾天。

第二天下連隊之前，我們沒機會跟季軍道別，就各出一塊錢給他——我們每人每月只掙六元津貼。因爲魯班長和吳德生將待在團部，這錢就由他倆負責買些東西給季軍。他們將代表大家去看望他，並告訴他我們都希望跟他保持聯繫。

告別晚宴爲那些詩人腦瓜提供了作詩的材料。沒費力勁兒他們就完成了那首打油詩。全詩如下：

季小姐，逛邊城，
前門後開露光。
季小姐，扔手雷，
鼻口躥血玉顏碎。
季小姐，愛麵湯，

跳進鍋裡全喝光。

季小姐，胃口弱，
上了戰場想吃饃。

季小姐，量如鯨，
喝死也難成男性。

大家都覺得最後一節的韻押得神了。每人都把這首詩寫在筆記本裡，好像它是我們共同的財富，好像要帶上它奔赴戰場。

黨課

又該學黨史了。由於歷史上的一些事件和人物又有了新的定論，無線連的司馬指導員不得不又重新寫他的黨史報告。比如，去年林彪還是「英明的元帥」，而今年所有的課本都說他是叛徒。要是有一部確定的黨史就好了；那樣司馬林就可以一勞永逸，不須每年都重寫他的報告。

最近他心裡癢癢，有個想法。聽說退休幹部劉寶明是位老紅軍。爲什麼不把他請來給連裡上一課呢？今年應該別開生面，以一場生動的報告開始，這樣至少可以喚起戰士們學黨史的興趣。另外，司馬林覺得這位老革命的經歷肯定值得寫一寫。他要把他的話全記下來，整理成文章。如果運氣好，也許能見報呢，讓師首長們看看他的筆頭兒有多棒。

他把這個想法跟裴連長說了。裴丁並不熱心，但同意請老劉同志來講課。兩位連領導不很融洽，因爲司馬林比裴丁高一級，工資每月多拿九元。

老劉家就幾步遠，所以司馬林親自登門邀請。老頭子欣然同意；司馬林說星期五下午一點半派專車來接他。

星期四司馬林給師部打了電話，要求用一輛吉普車，可是總務科說所有小車都忙，星期五不行。幸好無線連有一輛黃河大卡，能載八噸；司馬林第二天就把它派到老劉家去了。

戰士們在會議室裡就座後，司馬林站起來，開始講話：「同志們，這是我們今年黨史教育的第一課。我們連非常幸運，能請來一位眞正的老紅軍給咱們講講長征。首先，讓我給大家介紹一下劉寶明同志。」他彬彬有禮地抬起手，掌心朝上，指向坐在前排的客人，下巴頦兒也跟著扭向那面。

老劉白花花的頭在前排升起來。戰士們很吃驚，這個老紅軍不就是天天在師部門口跟那些退休工人下棋的老頭嗎？老劉向聽眾搖搖手，笑了笑，又坐下去。

「你們都知道，」司馬林接著說，「長征是一首震撼世界的史詩。偉大領袖毛主席率領紅軍爬雪山，過草地，不斷地粉碎蔣匪軍的圍剿，一共步行兩萬五千里，穿越十一個省分。長征拯救了我們的軍隊，拯救了我們的黨和革命事業，拯救了全中國。同志們，一九三四年在江西出發時紅軍共有三十多萬人馬，可是第二年到達陝北時，只剩下了三萬人。四十多年後的今天，只有幾百位參加過長征的老紅軍倖存下來。老劉同志就是其中的一位。

「同志們，我們必須珍惜這個機會，認眞聽講，深刻領會我黨的歷史。現在大家熱烈歡迎老劉同志。」

在掌聲中老劉走到前面的桌子旁，坐下。通訊員過去給他沏上一杯綠茶。大家靜下來，一百多雙眼睛望著老頭子的那張灰黃、皺褶的臉。

「後生們，」老劉說，「小司馬要我來給大夥兒講講長征。我說好，就來了。現在讓我先告訴你們我是怎樣參加紅軍的。一九三五年春天，我剛十七歲，紅軍到了我們家鄉明義鎮，把土地從地主老財的手裡奪走，分給了我們窮人。這就是說長征一開始時我還沒參軍，我是半道加入的。」

屋裡靜得能聽到筆尖的書寫聲。司馬林在本子裡記下：「入伍一九三五，十七歲。」

老劉停住，望望眼前的一片烏髮，繼續說：「我爲啥加入紅軍呢？因爲有飯吃呀。我爹和我天天進山砍柴，挑到城裡去賣。不管幹得多麼苦，也吃不飽，穿不暖。紅軍來了，把富人全抓起來，讓窮鄉親分到財產和土地。太好了，那些寄生蟲早就應該被除掉。我們苦大仇深的人終於見了天日，可以伸冤吐氣了。我們把那些胖得滾圓的地主拖到河邊，一個一個地用石頭砸死。我看得清楚紅軍是咱們自己的隊伍，所以就參了軍。我一生中頭一回能吃飽肚子，還穿上了新衣裳。兩個星期後我跟著紅軍離開了老家，從此再沒回去過。」

老劉又停住了，面帶幾分茫然。「我還該講啥，小司馬？」

「談談那些英雄事蹟嘛，像爬雪山、過草地的經歷。」司馬林覺得老劉眞有意思。他掃了一眼裴連長，裴丁正直直地盯著那老紅軍，也很喜歡劉老頭談得這麼實在。

「噢對了，爬雪山的事我可忘不了。」老劉又說起來。「那年夏天，我們到達四川的寶興，那裡的雪山叫夾金山。山頭高得進了雲彩，誰也看不清到底有多高。我們出發時，並不知道山上蓋著雪。山底下挺暖和的，所以大家一路上有說有笑。等走了一個多小時後，就不一樣了，下起雪來，冷風嗷嗷地叫個不停。我們只穿著夏衣。媽呀，大家都凍得、嚇得直打顫。黑糊糊的天上和山上到處都能聽見鬼叫聲。我的草鞋都掉了，反正它們也不管用，雪深到膝蓋。有些人喊老天爺饒命，他們相信我們觸怒了山神。接著天上下開了雹子，雞蛋大小的冰雹把我們打得趴在地上。一個雹子射到我腦門上，砸得我一屁股蹲坐到雪裡，兩眼一抹黑，直冒金星。好多人都被打破了臉，鼻口躥血。有些人跪下來，朝山頂那邊磕頭。那也不管用。那座山是鬼山，大夥兒都這麼說。最後沒辦法，我們乾脆把頭塞進雪裡，讓冰雹打屁股。屁股上肉厚，禁打，哈哈哈……」

一些戰士竊笑起來。司馬林轉過頭瞪著他們。屋裡又靜下來。

「過草地也不是鬧著玩的，」老劉接著說，「有些人掉進泥淖裡，越撲騰，越爬不出來，陷得就越深。你根本幫不了他們，眼睜睜地看著他們沉下去，不見了。我一想起這個場面，肚子就攪得疼。他們那個沒命地叫呀，我現在仍能聽見他們。過草地時我們斷了糧，什麼都吃了——鞋子、衣服、腰帶，凡是能煮的都下了鍋。毛主席把他的馬給斃了，把肉分給傷員吃。唉，咱們別說過草地了。讓我說說藏民。你們中有人去過西藏嗎？」

「沒有。」十幾個人齊聲回答。

「進草地之前我們去了西藏那邊。村子裡的人聽說我們來了，都跑了。我們找不到糧食，就割他們的青稞吃。可是我們沒白拿他們的莊稼，我們把錢放在地頭上，用石塊兒壓住。但藏民不知道這些，以爲我們搶了他們的東西。他們都是些蠻子，不明白我們是人民的子弟兵，就在山頭擺了石頭和圓木，等著我們從山谷中間通過。我們一進去，他們就把石頭和圓木全放下來。我的媽呀！到處雷聲滾滾，大圓木朝我們鋪天蓋地壓下來，巨石砸倒樹木，滾向我們。大家又喊又叫，趴在地上。我們的馬毛了，跳過我們，跑掉了。每一根圓木都碾死了十幾個人，如果你沒被砸死，也被嚇個半死！我跟你說實話，我站不起來了，腿抽筋了。我算僥倖，爬到一輛被砸壞了的馬車下面，撿了條命。噢，那些西藏韃子，我永遠忘不了他們那個野勁兒！」

一些戰士用手捂住嘴，但有幾個人笑出聲來。司馬林站起來，毛茸茸的臉漲得通紅，使戰士想起他的綽號——猴，所以他們笑得更厲害了。司馬林對老劉說：「老首長，給我們講講紅軍打的勝仗吧。」他看看裴丁；裴連長意味深長地朝他笑笑，搖搖自己的圓腦袋。

「行。」劉老頭眼睛一亮，乾癟的嘴巴撇了撇。他喝了口茶，又繼續說起來。「你們都聽說過那些勝仗了，耳朵已經長繭子了。讓我想點別的說說。對，有了。我怎麼能忘了那場仗呢？過了六盤山，我們到了一個叫楚志的小鎮，支起帳篷，準備過夜。突然，敵人出現了。我們已經走了一整天，實在沒力氣打仗了，但敵人的兵馬休息了好幾天，等著我們呢。我們的部隊一下子就被打散了，四處亂跑，都爭著逃命。這仗根本就沒法打，我們沒有騎兵，也沒有時間集合起來好反攻。我蒙了頭，跟著前面的人瞎跑。我們跳下一個山崖，下面倒不深，但我的槍丟到那裡了。保命要緊，我也沒去找它。我的帽子也飛了，光著頭拚命地跑呀，直到我翻過一個草垛，掉進豬圈裡。我的臉撞到斜橫著的木欄上，鼻子流血不止。」

一些聽眾哧哧地笑了。司馬指導員又站起來。「安靜點兒，聽首長講話！」那些人低下頭，不出聲了。

司馬坐下來。日他娘的！他心裡罵道。這個老王八蛋像是在傳播反動言論。

劉老繼續說：「我回到連裡時，他們問我的槍哪去了。我指著我的腫臉說，『你看我的臉。』「他們說：『我們不想看你的臉，我們要看你的槍。槍在哪兒？』

「『丟了，』我說，『我的槍丟了。』連長命令我回去把槍找回來。我自己怎麼敢回去呢？城裡全是敵人。所以我就走掉了，心裡嘀咕著：你們不要你爺爺，老子還不在你們連裡待呢。我不知道往哪面走才能回家去，只是往東邊走，聽說那邊有個大城市。但路上我碰見紅軍的野戰醫院。他們問我：『小同志，你怎麼自個走道呢？』我告訴他們我跟連領導鬧翻了，回不去了。『你們能收下我嗎？』我問他們。

「『好吧，你可以在我們這兒當護理員。』他們告訴我。這樣我又加入了紅軍。不過這回我沒扛槍，而是背上一把大尿壺。」

聽眾都哄笑起來，但劉老頭卻繃著臉，靜靜地看著那些年輕的面龐。

司馬指導員站起來，向戰士們搖手。他渾身是汗，一顆蟲牙又疼起來。「同志們，嚴肅些！我們在聽黨史報告呢。」他轉向劉老頭，難爲地笑了笑，但不知道該說什麼。聽說如果老劉罵起人來，就連師領導們也不敢把他怎樣，因爲人家是老紅軍，資格比誰都老。

「不過我也沒有在野戰醫院待多久，」老劉接著說。「事情是這樣的。那年夏天我們殲滅了蔣介石的一個團，俘虜了好幾百人，其中有一個軍官，反動透頂。每回我們給他治傷，他都罵我們，叫我們『共匪』和『赤鬼』。大夥兒都氣得要命。

「一天下夜班後我去伙房打水。那裡有一幫領導正在喝酒，他們全醉了。看見我進去，司務長萬福民叫住我，說：『小劉，來，喝酒。』

「我從他碗裡喝了一口。『吃肉吧。』他又說，指著桌上的菜。

「『這是什麼肉？』我問他。我們好幾個月都沒見葷腥，一聽說肉，我就流口水。他們都笑了。

「『人肉。』馮順說。他是警衛排長。我嚇了一跳，不知道他說的是不是眞話。

「『知道那個光罵人的國民黨軍官嗎？這是他的心肝，油炸的。』萬福民告訴我。他夾起一塊送進自己的嘴裡，嚼起來。我直打顫，想逃開。但萬福民遞給我一雙筷子，命令說：『小劉，嘗嘗，看看像不像羊肉。你得學會吃掉咱們的敵人！』

「他們叫著要我吃。我扔掉筷子，跑了出去。我順著山路跑呀跑呀，直到看不見伙房的燈火。夜裡又濕又冷，我坐在穀子地裡，不敢在他們睡著之前回去。我拿不準該不該向上級彙報。誰知道究竟是怎麼回事？也許院裡的領導和醫護人員都已經接受那種習俗，也吃人肉菜。

「第二天早晨，萬福民和馮順來到我們的屋裡，說我不應該心腸太軟。馮順說：如果你可憐那條賴皮狗，你就混淆了敵友。我們對朋友的愛必須表現在對敵人的恨上。你不該把一個壞蛋當人！我不太明白他的意思，真嚇傻了，心裡直發抖。哪天他們要是把我當敵人，會不會把我的五臟六腑也吃了？所以我就跑掉了。」

屋裡靜極了，能聽到老劉的喘息聲。司馬林站起來，走過去。

「我不是逃兵！」老劉叫道，小拳頭捶著桌子，滿臉都是淚水。「我恨蔣介石和所有的反動派，但我不敢吃他們！你要我殺掉他們，我敢殺，但我吃不下他們的肉。我是沒有這個膽量，可我不是逃兵啊！」

「請靜一靜。」司馬林說，拍拍老劉的肩膀。他揮手叫人來幫忙。三個人站起來，走過去。「老首長，您累了，需要休息。」司馬林輕聲說。

兩個人攙起劉老頭，把他扶了出去。

「同志們，」司馬林對全連說，「如果你們做了筆記，馬上交上來，放在這兒。」他拍了一下桌子。「劉寶明說的是否是實話，我們無法確定。但是我要你們永遠不提他的報告。劉老頭是老紅軍，他胡說八道沒關係。要是你們也跟著瞎說，就會被打成反革命。明白嗎？」

「明白。」他們齊聲回答。

屋裡一下子充滿了挪動椅子的響聲。戰士都到前面去把筆記放在桌上。

裴連長卻一動不動，坐在那邊抽菸，眼睛瞇成兩條小曲線，不斷地瞟著指導員。

司馬林納悶兒爲什麼裴丁不交上他的筆記。他明白了連長現在抓住了他的小辮子。他得立即給師政治部寫報告，以防裴丁走在他前面跟上級彙報這堂課的內容。

蘇聯俘虜

班長石祥從連部背回十一枝手槍，吩咐我們打行李，準備出發。每個人只需要夏天的衣服，但蚊帳必須帶上。「這次任務並不艱鉅。」他告訴我們。我們有了手槍，就把步槍和衝鋒槍留在連裡。

二十分鐘後，我們班立正站在操場中央，面對連長嚴力。他喊道：「稍息！」然後描述這個「不艱鉅的任務」。一隻蒼蠅落在我臉上，左轉右拐地爬到我的下巴，但我不敢晃頭把牠攆走。突然，身後五十米外傳來幾頭豬崽的尖叫聲。石班長讓王民去告訴劉豬倌，稍等一會兒再逮豬娃，騙牠們。

嚴連長繼續說：「這一次你們九班代表我們連，在孫參謀長的直接領導下執行一項重要任務。黨和人民信任你們。希望大家牢記，你們的一舉一動都影響到我們警衛連的聲譽。看守蘇聯俘虜不僅是項軍事任務，也是項政治任務。不要忘記，在大鼻子面前你們代表中國和中國人民解放軍，你們必須顯示我們的革命精神。我剛才說過，在表面上你們應該對蘇軍俘虜有禮貌，不要讓他覺得自己是囚犯，因爲目前我們還沒弄清他的身分。但不要忘記你們的職責，時刻都要監視他，無論白天還是黑夜。同志們，明白了嗎？」

「明白了。」我們齊聲喊，腳跟砰地併在一起。

一輛嶄新的解放大卡來了。我們爬上車，坐在背包上，背靠車幫。當我們離開時，豬崽們又尖叫起來。卡車開過一段沙路，就加快速度向龍門市東郊駛去。一路上顛簸不停，灼人的太陽烤得我們迷迷糊糊。

我們身後留下了一條長龍似的塵埃。不一會兒，車就到了東郊機場。這是二次世界大戰中日本人建的軍事基地。三位年輕軍官已經在那裡等我們，其中兩人脖子上掛著照相機，另一位拎著一只羊皮文件包。一切都準備好了：我們的房間在一棟青磚樓的上層，這是機場唯一的樓房；我們的食堂在樓下；蘇聯俘虜和翻譯用的兩間小屋與我們的大房間相接；他們必須通過我們的房間才能下樓。樓下還有間娛樂室，裡面擺著張嶄新的乒乓球案。

「現在我們要把他當客人，我是說在表面上。」一位高個的軍官對石班長說。他鑲了顆大金牙，是師部作戰科的參謀，以字寫得帥出名，號稱王學者。

我們忙著給木板床鋪草墊子。大家都覺得在這裡會過得很快活，一切都井井有條，至少我們可以躲過夏季軍訓。

下午三點左右，兩輛北京吉普在小樓前的籃球場上停下。孫參謀長、他的警衛員、另外四位軍官、蘇聯俘虜爬出車來。這個蘇聯人看上去有些孩子氣，一定不超過二十五歲。我們很吃驚，他不像我們想像中那麼高大，不比跟他一起走著的中國人高，甚至比王學者矮半頭。他身上穿著蘇聯軍服，他的帽子同我們的不一樣，有個大帽沿兒。我們遠離窗檯從屋裡觀察外面的人，以免暴露自己。

「他那身軍裝倒挺精神，一定是毛料的。」王民說。

「麻袋片子，」石班長告訴他，「新的時候看起來滿好，過幾水就完蛋了。」

「他鼻子並不大嘛。」馬林插一句。

「他臉怎麼那麼白？」孟東問。

「準是牛奶喝多了。」王民回答說。「你們看他那對圓眼睛多大？那是天天叫飯撐的。」小王總喜歡戲弄別人。

「那個長著山羊鬍的老傢伙是誰？」副班長徐家素問。那人走在俘虜和參謀長之間，並對他們左右說話。

「肯定是張翻譯，咱省軍區數他俄語說得好。你沒聽說過張大鬍子嗎？」石班長問。

「沒有。他沒長大鬍子呀。」

「他以前留著大鬍子。」

「這個蘇聯人不像是當官的。」我說。

「是不像，宋明。」副班長說。「他準是跟咱們一樣，窮當兵的，不是扛肩牌的。」

這時，一位軍官從吉普車裡取出一枝亮錚錚的機關槍和一臺步話機[1]，交給了那兩個脖子上掛著相機的軍官。他們立即進樓去拍那兩件東西。那一定是蘇聯的最新裝備，步話機只有飯盒大小，機槍像玩具似的。由於我們手頭上的蘇軍兵器手冊裡沒有那種槍的圖片，誰也說不出它的型號。

樓下還有額外的兩個房間，不允許我們進去；上午，軍官們在裡面審問蘇聯俘虜。下午這老毛子沒啥事兒，我們必須「陪他玩兒」。

臨近傍晚，另一輛吉普送來了王廚師。他在龍門市賓館工作，據說他是省裡最好的廚師之一，燒一手地道的法國菜，曾受到周總理的稱讚。當然嘍，我們還得吃高粱米和大米混在一起的二米飯，但既然有這麼位「貴客」在我們中間，我們覺得總有機會吃兩口好東西。不一會兒，魚肉味兒充滿了一樓和樓梯過道。

這個蘇聯人名叫萊夫·皮卓威奇。據他自己供認，他是新兵，曾在遠東軍區司令部當過通訊員；因性情懶惰，被發配到西伯利亞邊境線上。這是他自己說的，但這些話把我們困惑住了。我們無法判定他的身分和越境的動機。他眞的僅是個新兵嗎？不是個有經驗的特務嗎？他是到這邊來搞情報嗎？要同什麼人接頭嗎？或者眞像他說的——在邊境巡邏時，老兵們逼他攜帶步話機，又故意不等他在樹叢裡把屎拉完，所以他迷了路，闖到了我們這邊。一夥在麻地裡幹活的農民老遠就看見他了。他們埋伏起來，等他一進「口袋」，他們就跳出來，舉起鐮刀、石塊兒、鋤頭、三八大蓋兒，高喊：「繳槍不殺！」萊夫沒有抵抗，把槍交給了他們。這又讓我們不解。看起來一切都像安排好的——他並沒要逃跑。那些當官的天天上午審問萊夫，但對他的話一句也不信。

開始幾天，孫參謀長每天下午親自來審訊萊夫。所以整個白天萊夫都被掌握在軍官們手中，我們的任務只是夜裡站崗。站崗倒是件輕鬆的事；我們每人只站一個小時，而且不用到樓外巡邏。後來，參謀長不來了。上午我們不用管萊夫，花兩個小時學習《共產黨宣言》；下午我們先睡兩個鐘頭的午覺，然後，如果萊夫想下棋、玩牌，我們就陪他玩兒。一開始萊夫並不常和我們在一起，而是自己讀書；我們聽不懂他嘰哩呱啦地說些啥，所以張翻譯陪他。萊夫和張翻譯睡在一個房間裡，兩頂蚊帳懸掛在窗戶的兩側，窗上嵌著六根比拇指粗的鋼條。他們的另一間屋用作書房，張翻譯運來了不少書。我們從來沒見過那麼多書，裝滿了靠牆而立的四個大書架。許多像磚頭那麼厚的大書的書脊上還印有畫像——俄羅斯作家的頭像，他們有的留著馬克思或恩格斯那樣的大鬍子。面對這些書我們肅然起敬。聽說張翻譯的父親曾是張作霖手下的將軍，張翻譯的奶媽是蘇聯人，所以他從小就能說一口流利的俄語。可我們沒想到他讀過這麼多書，他一定是個老學究。其實我覺得他並不老，大約四十五歲左右。他皺縮的皮膚裹著纖細的骨骼，高度近視鏡後面一對細眼睛有些模糊，所以他顯得老相些。

這些書也吸引了萊夫。頭兩個星期，他總是待在屋裡，又讀又寫。我們事先沒料到萊夫是個書呆子，而且還喜愛詩歌。一天清晨我們出完操回來，聽到萊夫在二樓大喊大叫。我們跑上樓去，在走廊裡跟張翻譯撞了個滿懷。

「出什麼事了？」石班長問。

「沒事，」張翻譯說，「他在朗讀普希金呢。」

書房門開著，萊夫手捧一部大書，對著窗外明亮的曙光叫嚷，通紅的臉上汗氣騰騰。張翻譯進了書房，拍拍萊夫的肩頭，兩人說著話坐了下來。

一會兒，只見張翻譯雙手插在褲兜裡，在書房裡來回踱步，背誦著歡躍的俄語。那一定是詩歌，大概是普希金的。萊夫坐在椅子上一動不動，他的圓眼睛跟隨著張翻譯，一對大耳朵都豎起來了。那是首長詩，張翻譯足足背了十分鐘。他停下來，萊夫起身擁抱了他一下，並低語了幾句。然後萊夫從褲兜裡掏出手帕擦擦眼睛。張翻譯笑了，很開心。我們都覺得滑稽：萊夫像個女人，怎麼聽到漂亮的辭兒就哭呢？

正像石班長預料的，萊夫的軍服過幾次水後就成了麻袋片子。他現在穿我們的的確良[2]軍裝，但衣領上沒有領章，帽子上也不帶紅五星。萊夫跟我們要過領章和帽徽，但當官的說不行，說他不能這麼快就變節了。其實，他已經把身上所有的蘇製品都扔掉了，包括那笨重的皮靴和包腳布，現在他腳上穿著棉線襪和綠膠鞋。好笑的是，從後面看，萊夫跟我們自己人沒什麼兩樣。有一次，副班長以爲萊夫是王民，拍拍他的脖頸兒說，「什麼時候才能吃到你答應給我們買的冰棍兒呢？」萊夫回過身，灰眼睛裡閃著迷惑，鬍子拉碴的方臉上堆起貓似的笑，上嘴唇緊貼鼻孔。徐副班長愣住了，我們哄笑起來，學著街上賣冰棍兒老太婆的腔調喊：「冰棍兒，五分錢一根兒。」

萊夫傲得了不得。我們待他像貴客，慣壞了他。他只抽兩種最好的菸——人參和大中華。參謀王學者有一次給他幾盒牡丹菸，但萊夫吸了一支後，就拒絕接收這種香菸。他只要最好的中國貨，把我們給他的優待當作自己的權利。他不知道應該尊重主人。有一天，他竟然兩手支撐著身子，倒立在我們的床頭上，立了足足兩分鐘。然後他翻身下床，朝我們揮揮手，像是邀請我們參加體操比賽。大概在他眼裡，我們都是土包子，不會做體操，也看不懂那些大厚書。

他的確很聰明。他書桌上有一疊紙，寫得密密麻麻，大約二百多張。張翻譯說那是萊夫對列寧的《國家與革命》的評論。但他的聰明只給他帶來麻煩。沒人相信一個普通的蘇聯兵寫起文章來長得像本書，玩起單槓來像職業體操運動員。我們越想越覺得他是個高級特務。

不行，我們必須在體操方面打敗他，但連當官的也玩兒不了幾下單槓，所以師部派來了蔡軍醫跟萊夫比賽。蔡志東曾是軍醫大學的體操隊隊員。沒說的，萊夫不是他的對手。蔡軍醫精瘦的身子和緊繃繃的肌肉使你想起一條獵狗，而萊夫粗粗壯壯的，不容易做出靈巧、高難的動作。

在樓後面張翻譯給他倆做了介紹。他們握了一下手。萊夫走到跳遠沙坑裡，捧起把沙子，兩手搓一搓。然後，他向前猛跑，飛身一跳，雙手抓住了橫槓，在空中前躍後盪，很快就旋轉開了。我們在心裡爲他叫好，沒想到他能做這種大旋轉。他在單槓上轉啊轉啊，直到速度慢慢減下來，最後整個身子倒立在橫槓上。我們都驚呆了，憋住氣看著他。他翻身下槓落到地上。我們不情願地鼓起掌來，他喘著粗氣對我們笑笑。張翻譯遞給他一條毛巾。

蔡軍醫沒有用沙子搓手。他不緊不慢地走到單槓下，向上輕輕一跳就抓住了橫槓，靜靜地停了幾秒鐘，然後開始擺動。一看我們的醫生就是個行家，不一會兒，他也做起像萊夫一樣的大旋轉。轉了五圈後，他突然鬆開手，讓身體繼續往後轉，落下來時他又抓住了橫槓。我們喊著爲他喝采，他一連做了三個後仰翻，然後也在空中倒立起來。他輕輕地移開了左臂，只用一隻手撐著身子，穩穩地立在橫槓上。我們使勁鼓掌叫好。

比賽結束了。萊夫紅著臉，走上前去跟蔡軍醫再次握手。他看上去不太高興。這樣好，應該讓他明白我們中國人不像他想像得那麼笨，他能做的我們也能做。比賽後的兩天裡他很安靜，不敢再跟我們挑戰了。

不過我們都認爲他很聰明，學什麼都快。他剛來時不會打乒乓，四個星期後，打得同我們當中的一級選手一樣好。教人惱火的是他總要和你正式比賽。他把乒乓球拍貼在胸前，說，「蘇聯，」然後把拍子指向你，說，「中國。」這是他最早會說的幾句漢語。他的意思是我們代表各自的國家。這樣一來搞得你太緊張，技術發揮不出來。有一次他贏了我，二十一比十八。我心裡眞窩火，恨不得把他撕了，可他美滋滋的，還給了我一支人參菸。

更糟糕的是六個星期後，在棋盤上我們誰也殺不過他。他以前肯定沒摸過中國象棋。因爲他總要代表蘇聯對中國開戰，所以沒人敢再同他下棋了。後來我們選定了撲克，因爲牌桌上每幫至少是兩個人，萊夫不能代表蘇聯。

一天下午我們打百分。他的一幫看來要贏了，他把方塊K往桌上一摔，用漢語大喝一聲：「操他媽的！」他狗眼睜得圓圓的，一本正經地看著我們。

我們楞住了，然後爆笑起來，萊夫也跟著笑了，其實他並不懂那幾個字的意思。從那天起，玩牌時他開始講起髒話。最初聽他罵人，大家樂得要命。我們總是管不住自己的嘴巴，人人都罵罵咧咧的。慢慢地我們擔心起來。萊夫大概已經懂些中文，他肯定在祕密地學漢語。王學者告訴我們：同他玩牌時儘量少講話。不讓他懂我們的語言對我們自己有好處。他是我們的俘虜，如果他知道我們想啥，天曉得會發生什麼事。所以再玩牌時我們便不作聲了。

萊夫如果受不了牌桌上的沉靜，便掏出錢包，裡面有一張姑娘的照片。他說那是他的女朋友。當著我們的面他就親她，還恬不知恥地咧嘴笑，露出大門牙。如今他已經習慣了身邊沒有女人。他剛來時，因爲想他的女朋友，晚上早早就上床。我們確信蘇聯兵打不了硬仗。如果你總想女人，怎麼還會有勁頭拚命呢？我們都看過那姑娘的照片，覺得她長得不錯：黃頭髮，灰眼睛，粉紅的臉蛋兒，纖細得像隻貓。她的確與別的蘇聯女人不一樣，沒長一對籃球那麼大的奶子。我想知道萊夫有沒有裸體女人的照片，因爲上級說每個蘇聯兵的錢包裡至少裝著五個女人的裸照。但我沒看到那樣的東西。萊夫好像只有一張他女朋友的小照。

萊夫學漢語的動機是要弄清他身在何處。他到東郊機場已經六個星期了，仍舊想不出自己在哪兒。他在虎頭被捉，虎頭到龍門不到二百里，我軍卻用吉普車拉他跑了一整夜。一路上他們不斷地來來回回在山裡轉悠，出出進進同樣幾個城鎮。車兩側用布帘遮住，除了老天爺誰都會迷失方向。萊夫常問軍官們他在什麼地方，他們拒絕回答，並命令我們不能洩露我們的所在地。萊夫曾問過我們許多次，甚至在紙上畫了簡圖，上面標著一串城市，其中包括北京。我們從來沒告訴他實情。理由很簡單：如果他能確定自己身在何地，就可以跟蘇方的特務聯絡上。

儘管我們還沒有搞清他的身分，他渴望知道自己的地理位置的焦急心情更讓我們確信他不只是個小當兵的。還有，蘇聯方面對萊夫表示了不尋常的關心，多次詢問他的下落，竟然提出以兩名中國逃兵的情況交換關於萊夫的消息。我方不願談萊夫，拒絕了蘇方的要求。他爲什麼對他們如此重要？我們當然不會在沒搞清他的身分之前給敵方提供消息。我們得根據他的分量來處置他。

一天傍晚，班裡的同志們去師部看劇了，石班長、馬林和我留下值班。跟往常一樣，我們打起撲克。張翻譯從來不跟我們玩兒，總是自己在書房裡讀書。萊夫從口袋裡掏出一盒王學者給他的酒糖。他把盒子放在桌上，雙手一攤，示意讓我們共享他的甜點。我們三人互相看看，對他的慷慨有些納悶兒。但不管三七二十一，先吃再說；石班長拿了塊兒「茅臺」，馬林挑了塊兒「五糧液」，我撿起塊兒「竹葉青」。既然糖是我們國家為萊夫提供的，而且我們又是主人，為什麼我們就不可以嘗嘗呢？

打了幾場後，萊夫站起來朝門口走去。班長向我使了個眼色，我立即起身跟了出去。萊夫進了廁所，我也隨後進去，一邊小便一邊監視他。廁所窗外是一片玉米地，小船似的月亮錨在金黃的雲岸上。見他蹲了下去，我就退出來在走廊裡等他。五分鐘後他出了廁所，朝我走過來，一副神祕的樣子。他從兜裡掏出一盒人參菸，遞給我，裝出一副笑臉，慢騰騰地說著鼻音濃重的漢語：「長春，哈爾濱，吉林，瀋陽，北京？」他想讓我告訴他我們在哪兒。他眼睛像豹眼在黑暗中發光。我抬手把菸推開，搖搖頭。他沒提龍門，一定以為我們離蘇聯至少是千里之外。整個晚上他玩牌有些心不在焉。

有件事真讓我們喜歡這個看守任務，就是能吃上幾口好東西。一開始，王師傅為萊夫做各式各樣的名菜。只有張翻譯陪他吃飯，為他講解菜名和做法。我敢說萊夫以前從未嘗過眞正的中國菜。如果他嘗一口菜，喜歡，他就只吃這一盤而不碰其餘的六、七盤。吃完第一盤，他再去進攻第二盤，然後第三盤，然後如果肚子裡還有空，第四盤。從門框的縫隙我們看見張翻譯忍不住地樂，我們也都笑萊夫那野蠻的樣子。

第一個星期，萊夫每頓都剩下幾盤沒動過的菜。我們開飯的時間比他晚，所以這幾盤就歸我們了，給我們的大鍋菜和二米飯提提味兒。噢，我從來沒吃過這麼香的東西！鵪鶉、熊掌、蛙腿、牡蠣、馬哈魚，它們像迫不及待地要跳進你肚子裡去。既然是大家分享，我們必須耐心。這時候當官的和當兵的都平等，像兄弟一樣。王師傅是個和藹的老頭，總是笑著看我們吃得有滋有味兒。也許有時他故意為萊夫做許多樣飯菜，好讓我們也嘗幾口沒叉弄的國宴。

由於有更重要的人物用餐，王師傅不能在這裡久待。這也對，不該永遠像伺候國賓一樣伺候一個不明不白的俘虜。開始我們待萊夫像貴賓，是想讓他跟我方合作，告訴我們想知道的事情。他的確說了很多，王學者把張翻譯翻過來的話全記錄下來，可是萊夫的話不但不可信，而且毫無價值。所以王師傅三個星期後就離開了。師部派來了另一位廚師，老畢；老畢手藝不像王師傅那麼高，但對萊夫來說足夠了。萊夫的伙食費是每天七元，而我們每人是五毛五。從錢上算，萊夫吃得比我們一班人還多。他怎麼可能吃那麼多呢？所以我們還可以吃幾口多餘的飯菜。不過萊夫現在文明了——他首先要每盤嘗一口，制定個行動方案，然後全面出擊。

一天午飯後，萊夫從食堂出來，手裡拿著根雞腿邊走邊啃。張翻譯跟在他後面，一起上樓去。經過走廊的窗戶時，萊夫把沒吃完的雞腿順手扔了出去。張翻譯見了就用俄語大聲呵斥他。我們聽不懂他說什麼，但可以看出他非常氣憤。我們沒料到這個安詳、和善的人火氣這麼大。等他倆進了他們的房間，我們仍然聽得見張翻譯的喊叫聲。他還一次又一次地拍桌子。幾分鐘後他走出來，穿過我們的房間下樓去了。不一會兒他又回來了，左手拿著一雙筷子，右手端著個碗，碗裡裝著我們的午飯——高粱米上堆著燉茄子。他匆匆忙忙地走過去，氣呼呼的。他進了小屋後，我們聽到筷子摔在桌子上的聲音。大家立即聚集在門口從門縫往裡瞧。

萊夫坐在床邊，耷拉著腦袋，臉紫得像只茄子。張翻譯把那碗高粱米飯擎到萊夫的臉前，萊夫把頭扭向一邊。張翻譯繼續大聲訓斥他，好像是在給萊夫上一課——要他別忘記自己是誰，讓他明白許多中國人連高粱米都吃不上。張翻譯說著說著，端起碗開始吃我們的午飯。我們不清楚他到底對萊夫說些什麼。事後石班長問過他，但張翻譯說忘掉算了。

萊夫對他的翻譯不僅是尊重，而且十分依戀。雞腿這件事後的第三個星期，虎頭縣的民兵把蘇軍的砲艇打沉了。蘇方提出抗議，要求在邊境談判。張翻譯被調去加入我方的代表團。他外出這段時間，一位年輕的翻譯名叫焦木，來這裡陪伴萊夫。焦木剛從吉林外語學校畢業。萊夫像是故意跟焦翻譯鬧彆扭，裝著聽不懂他說的俄語，動不動就念叨張先生，大概他要提醒這個年輕軍官：你永遠趕不上你的前任。萊夫還打手勢告訴我們他多麼想念張翻譯。他拍拍胸脯，叫聲「張」，豎起方方的拇指。

焦翻譯每天向王學者彙報時總要提到萊夫問張翻譯什麼時候回來，好像萊夫感覺到不祥的兆頭。事實上，張翻譯再也回不來了，談判完後他死在虎頭。他到虎頭縣城時覺得肚子疼，但他沒拿它當回事，吃幾片止痛藥就上了路。當他到了蘇聯，疼痛加劇了，可是他是我方唯一的翻譯，必須出現在談判桌上。談判持續了一整天。一上午他不知吃了多少止痛片，中午從談判屋裡出來，渾身淌虛汗。別的軍官吃飯時，他只能躺在沙發上，動彈不了。蘇聯的醫生來了，診斷他得了急性闌尾炎，需要動手術。下午談判照例進行，如果我方沒有自己的翻譯，談判就會被蘇方控制，他們並有可能欺騙我們，以達成對他們有利的協議。所以張翻譯強挺著一直到下午談判結束。這時醫生說不能再拖延，必須立即動手術。蘇方提出把他送進他們的醫院，手術後再把他送回國。我方代表團團長——我們師的林政委——問他要不要在蘇聯停留幾天。張翻譯拒絕了，含著眼淚說：「我絕——絕不讓敵人給我治病。如果我沒救了，請——請讓我死在祖國的土地上！」所以他們立即把他裝上車，回虎頭。但是他們不得不走走停停，一些路段被雨水淹沒了，山洪還沖垮了兩座橋。他們拚命往回趕，可是到虎頭時已經是凌晨三點了。太晚了，張翻譯已經斷了氣。

他成爲我們的英雄。瀋陽軍區政治部發出通告，號召全體官兵學習張帆的動人事蹟和他對祖國的無限熱愛，以及他那堅不可摧的中國人的骨氣。《前進報》的頭版，外加一整頁敘述了他的生平和臨終時刻。讀了報導，我們淚水止不住地流。他被授與一等功臣，他的家人成爲革命烈屬。

對張翻譯的死我們都很難過，但受打擊最大的是萊夫。現在他得依靠焦木告訴他報紙上的故事。年輕的翻譯官用了整整一晚上把文章譯成俄文。第二天早飯後，萊夫讀了，放聲大哭，像是他的家人死了，整個樓都能聽見他。悲號聲持續了差不多一個小時。實際上，事後萊夫告訴焦木，說張翻譯曾像父親一樣待他，他的死給他上了一堂深刻的愛國主義教育課。我們沒想到萊夫還有心肝。那天他沒吃午飯。

打那以後，萊夫多了一個奇怪的習慣——只要是蘇聯的東西就是好，比誰的都好，最好：蘇聯的氣候最宜人，蘇聯的姑娘最漂亮，蘇聯的馬匹最強壯，蘇聯的豬肉最可口，蘇聯的蘋果最香脆，蘇聯人的舌頭最靈巧。

每當焦翻譯把他的話翻給我們聽，我們從不費心思同他爭辯。除了有一次王民向萊夫挑戰，要他那只蘇聯「巧」舌頭發幾個漢語的語音，萊夫當然發不好，逗得我們直笑。我們商定，別理他，讓他一人去作蘇聯沙文主義的大夢吧。

每天晚上，軍官們都回家摟老婆睡覺去。焦翻譯在樓裡值班。他來部隊才三個月，還沒丟掉那身學生氣，還不習慣下命令。如果班裡只留下兩個人看守萊夫，其餘的人全去看電影或是到市裡去玩兒，他也不要求更多的人手留下來。三個人加萊夫可以打各種各樣的撲克牌。焦木不像張翻譯，只要萊夫同我們一起玩兒，他總是加入。他要利用一切機會改進他的口語。他是個喪門星，是個禍根。打他來了後，我們的警惕性就一點一點地放鬆了。

星期二晚上，我們到師部去看電影，徐副班長和王民留下跟焦翻譯看家。我們聽說這是部反間諜的北朝鮮影片，都迫不及待地等電影開演。映幕上剛出現《看不見的戰線》，劇場的燈又亮了。大喇叭宣布：「緊急通知，緊急通知：全體官兵立即到外面集合。」

「緊急通知，緊急通知……」

我們都站起來，跑了出去，在劇院門口加入我們連的行列。嚴連長背著手在隊列前踱步，等人到齊。整個院子裡到處是叫嚷聲：「工兵營在這兒，」「通訊營在車庫前集合，」「防化連到院門去。」

我們指導員朝從劇場湧出的人群喊：「警衛連在這裡。」

嚴連長喊了聲立正，我們都併腳挺胸。「一號逃跑了。」他宣布。

我打了個機伶。一號是萊夫——我們的第一個蘇聯俘虜。連長繼續說，「北京剛下命令：我們必須動員龍門地區所有的駐軍和民兵，搜索每一片田野，每一座丘陵，每一家庭院，每一個地窖，直到抓住他爲止。現在我們沒有時間追究責任。既然他從我們手中跑掉，我們就必須把他找回來。師部命令我們找不到一號，不准回營。」他停頓一下，喊道：「向右轉，跑步走。」

實際上，我們得先回營房取槍。石班長跑在我前面，不停地罵徐副班長和王民。「這兩個兔崽子，我饒不了他們！他們把咱們全毀了。」

四輛卡車載著警衛連駛向東郊機場。一路上我看到別的營房裡燈火通明，一片喊叫聲。車輛穿來穿去，整個城市都動起來了。我們的卡車飛馳著，蚊子和小咬兒不停地撞擊我的臉。方排長一隻手抓著車幫，忙著給我們分組。每組三人，搜索時要待在一起。

卡車在機場的小樓前停下，我們跳下車。焦翻譯、徐家素、王民跑過來。石班長一把抓住副班長的胳膊，大罵：「操你祖宗！你把咱們全毀了！」

「老石，聽我說。聽我——」

「住嘴！」方排長呵斥道。「石祥，鬆開手。我說鬆開手！你覺得你能逃脫責任嗎？我告訴你，你得都擔著。如果找不回一號，咱們都得回老家翻土坷垃，種地去。別狗咬狗了，留著勁兒做正經事吧。徐家素，你加入第六組，王民，你去第七組。」

兩個班長乖乖地站在自己的小組裡，王民來到我們組。「記住，」排長囑咐說，「各組保持五十米距離，不要走得太快。」

搜索開始了。孟東、王民和我是一組，孟東是組長。我們在玉米地裡慢慢行進，仔細查看地裡的底窪處。玉米葉子不住地掃我們的臉，但我們不敢抱怨。搜玉米地實在令人害怕。玉米桿兒不僅密密匝匝，而且比人高，我們又看不見臨近的小組，只能聽見他們的腳步聲。雖然我們班裡沒丟槍，我們仍拿不準萊夫有沒有槍。他人在暗處，可以觀察我們；如果我們碰上他，他要是有槍，肯定會先開火。我們提心吊膽，用步槍頭撥動著玉米桿兒，保持槍口指向前面的黑暗。

搜完了玉米地，我們進了黃豆地。看得到兩邊的小組，心裡也就不那麼恐懼了。然後，我們闖進白菜地。天知道我們踩壞了多少顆菜，地裡留下許多道黑糊糊的足跡。

前面出現兩條德國狼狗，由軍官們牽著，掙脫著向小河對岸衝去。訓犬員們一人抓著萊夫的枕頭，另一人拿著萊夫的臉盆。他們每過一會兒就讓狗嗅嗅萊夫的枕頭和臉盆，使狗恢復味覺，繼續追蹤萊夫。總共有六條狗，亂躥亂叫，但沒有一條頂用。牠們朝六個方向跑，所以很快軍官們就對牠們失去了興趣。

搜索開始時沒人敢作聲，但越過四片田地後，王民再也抑制不住了，罵開了娘。我們問他，你們幾個人怎麼能讓萊夫逃了？他說這一點兒也不怪他們。萊夫，這個狼崽子，故意跟咱們過不去：

「我們一起打牌。萊夫說……他要上廁所，我就跟他一起出去——小心，宋明——我見他蹲下了——像平時一樣，我在外面等他把事兒辦完。我等了十分鐘，不見他出來。焦翻譯……和徐家素來看……看出什麼事了——慢點走，老孟。我們得等等別的組——我們三人進了廁所。萊夫還蹲在那裡，所以我們就退了出來。接著我們聽到撲通一聲，我們再進去一看，萊夫人不在了！跳窗跑了。我們倚著窗子……看見他在下面搖搖晃晃地奔向玉米地。

「『站住！萊夫，站住！回來，萊夫！』我們在樓上瞎咋唬。他頭都沒回，一直朝前走，消失在玉米地裡。焦翻譯傻了眼，光會喊：『你看呀，你看呀！』徐家素告訴他——趕緊給師部打電話。然後我倆跑出去到玉米裡找萊夫。」

「找到他了嗎？」孟東的話聽起來一本正經。

「老孟，你這小子，還有心思開玩笑。」

「你們不應該找他。你倆根本不可能把他弄回來。」

「你也許對，但當時我們總不能什麼都不做吧。那是我們的責任，對吧？」

「如果我們抓住他你怎麼教訓他？」我問王民。

「逼他喝馬尿。」

「提高他的伙食費。」孟東說。我們都大笑起來。

「嘿，別笑了，同志們。」馬林朝我們喊了一嗓子。他們小組在我們左側。「咱們去前面山上的那片林子。」

我們開始向山崗進軍。萊夫的出逃眞令人費解。他計畫跟什麼人接頭？跟一個間諜？在啥地方？他知道蘇聯在哪個方向嗎？他一定清楚，不然的話，逃跑有什麼意義？他帶槍和食物了嗎？爲什麼他在國慶節前一個星期採取這樣的行動？他是不是要跟什麼人會合？一起在十月一日前去炸毀一座工廠或橋樑？沒有一個問題有答案。但有一點我們敢肯定——如果他知道自己被囚在何處，就肯定能跑回蘇聯。眼下是中秋，滿山遍野的莊稼可以掩蓋他。雖然三萬多部隊和民兵都行動起來了，但不可能把十一個縣和三個城市的每個角落都尋找一遍。再說萊夫是活人，可以四處移動躲避我們。對他更有利的是，地裡的豆子、玉米、土豆、白菜都成熟了，而且山裡還有野果子，他是餓不著的。只要他不迷失方向，就能跑回蘇聯。看來我們中也許有人接受了他的賄賂，告訴了他身在龍門。如果萊夫成功地隱藏起來或越了境，我們班的人將受到處置。我們必須把他找回來，好洗清自己。

凌晨一點了，我們已經不停地搜索了五個小時。每當我們碰到別的軍人或民兵，他們就罵「蘇聯大鼻子」、「北極熊」、「老毛子」。他們不知道萊夫的名字，也不清楚他長得啥樣。我們不敢告訴他們，因爲萊夫是從我們手裡跑掉的。萊夫眞是個王八羔子，罵他什麼都不過分。我們對他多優待啊，但他卻背叛了我們，害得我們在黑夜裡又餓又累地爬來爬去，到處找他。

我們沒帶大衣和食物，又不能回去拿。命令說得很明確：「找不到一號，不准回營。」現在我們又累又餓。地裡是有能吃的東西，但我們不敢碰它們。三大紀律八項注意的第二條說「不拿群眾一針一線」，所以我們忍著飢餓，繼續搜索。

漸漸地大家受不住了。夜裡眞冷，莊稼上的露水打濕了我們的衣裳。肚子裡再沒有食物，讓人覺得骨頭都涼透了，不由得打起哆嗦。

我們進了蘿蔔地，地裡間種著高粱。每十幾壟蘿蔔夾帶四、五行高粱，我們每組負責一窄條蘿蔔地，被高粱擋著，彼此看不見。王民說：「咱們能吃個蘿——蘿蔔嗎？」他的牙直打顫。

「肚子都餓疼了。」我說，揉揉胃部。

「怎麼不行？」孟東一腳踢倒個蘿蔔，撕掉纓子就啃。

我們各自拔起個蘿蔔；王民把刺刀戳進蘿蔔頭，好去掉纓子。「別用刺刀，有毒。」孟東提醒他。

王民是新兵，忘記了這一點。他扔掉手裡的蘿蔔，又拔起一顆，這顆大得像個小娃娃。現在我們三人都停止說話了，靜靜地吃蘿蔔。我們擔心左右兩邊的小組會發現我們在做什麼，儘量少出動靜。誰知道他們在做啥呢？說不定也在啃蘿蔔。大家怎麼突然都不出聲了？只能聽見撲哧撲哧的腳步聲。

我吃完一個，揪起另一個。孟東也已對第二個下口了。王民的那個太大了，還夠他忙一陣子。眞運氣，蘿蔔地長極了；在出地之前，我吃完了第二個。

兩點半了，上面下令，「停下，休息兩個小時。」連領導一定覺得搜索會持續好幾天，不想一下子把隊伍累垮。我們每人相距三十米坐在平緩的草坡上，面前是黃豆地，背後是柞木林。

不一會兒，一切寂靜下來，但遠方仍傳來幾聲狗叫。暗紫色的天空上星星稀稀拉拉，銀月下一段段雲彩擺動著，鐵青的月光落到濕漉漉的莊稼和田壟上。我躺在青草上，胃裡的蘿蔔攪得我好難受，假如有碗熱呼呼的湯或粥壓一壓酸水就好了。蘿蔔有通便利尿的作用，一個蘿蔔足以達到目的，可我塞進了兩個。現在可好，燒心代替了飢餓。

要是有一堆火燒些帶稈的毛豆吃吃該多好啊……眞冷啊……噢，我的膝蓋……全木了……不是我的了……

花生，新鮮的，眞香啊，連蔓兒一起燒的……到這邊坐，靠火堆近些……多平的石頭啊，暖和暖和你的腳……給我點兒地方……我要熱熱午飯——苞米餅子就鹹魚……噴鼻兒香……高高的太陽，好刺眼呢，又乾爽又暖和……這一天雲彩……好舒服啊……馬和牛……蘋果，還有梨……哈，我們要啥有啥……四狗，你哥哥到哪兒去啦……叫他不要再刨土豆了……別太貪了……這整片地都是咱們的……別人誰都不知道這個地方……麗蓮，嘗嘗這個瓜……能甜掉你的牙……笑什麼……比劉矬子園子裡的甜多了……嘿，你們都在這兒呀……花生，帶蔓兒的花生……你到這邊來……圍火坐著吃……誰來都歡迎……今天是共產主義——各取所需……你哧哧笑什麼……老孟……你不高興嗎……你這個羊羔子……你不想開開心嗎……萊夫在哪兒……他剛才還在這裡吃花生……你說他到樹林裡撒尿去了……嘿，誰在那邊……是你嗎……萊夫……不是，是王民……王——民——……告訴萊夫我們還有烤地瓜，各種各樣的東西管夠吃……馬林，把皮大衣給我……不要這麼自私嘛……輪到我暖和暖和了……誰在吹哨子……該死的，吃飽了撐的——

「警衛連起來！」有人大吼。「警衛連起來！」

我跳起來，提起槍，揉揉胳膊，兩肘都麻了，雙膝直打顫。我捶打著兩腿，活動活動血脈。我作的啥夢啊！夢見這麼多好東西，但全都亂了套。怎麼這麼多人都集中在我的家鄉？眞糟糕，怎麼夢著萊夫是我的朋友，而且他還跟我回到狐狸溝去了。

噢，我眞想家！家總是溫暖、平安的地方，你要是累極了可以在那裡睡上一天一夜。早上一睜眼，娘爲你端來一碗香噴噴的小米粥，冒著熱氣，放在你枕邊。粥裡還有四個荷包蛋。噢，娘、爹，我眞想您們啊！

我的思路被叫罵聲打斷。他們又罵起萊夫了，說但願熊瞎子能找到他，把他舔得只剩骨頭架子。天快亮了，稀薄的煙霧圍繞著柞木林蔓延到農田上。每一片草葉上都含著露水。空氣中充滿了草鮮味兒，但大家都無力飽吸這新鮮空氣。我們默默地拉開隊伍，在林邊上排成一行。我有些暈，腦門發木。當我們出發時，一隻啄木鳥敲打起樹幹，響聲震盪著山谷。

我們走出了晨霧，東方突然出現粉紅的光亮，黎明降臨了。我們看見一些人遠遠地沿山坡上的彎路往下跑。他們大概是抓住萊夫了。我們圍著連長，他正用望遠鏡觀察。

「沒抓到，」他說，「好像又有一個民兵受傷了，他們肩上抬著擔架。」

「仗還沒開打，就已經減員了。」方排長說。

「全連注意，」連長轉向我們，「現在我們要搜前面的樹林。等我們穿過去，就開飯。」搜索又開始了。我心裡惦記著早飯，想著熱乎乎的大米粥和饅頭。昨晚有兩個民兵受傷，一些民兵忘記關保險，槍走了火。

樹林面積不大，不一會兒我們就坐下吃飯。早飯是壓縮餅乾和涼水，餅乾倒不硬，要是能喝口熱水就好了，我們個個仍冷得發抖；可是不允許生火，煙會暴露我們在哪兒。雖然我們連萊夫的影子也沒看著，但必須假設他已被圍住。

早飯後我們休息了一個鐘頭。沒人知道哪些地方應該搜得更仔細些。大家這麼沒有目標地瞎走，是不可能找到萊夫的，所以還是悠著來好。

十點鐘，班裡接到命令：搜查溪谷中那座屠宰場的周圍。連領導告訴我們不要走遠，就在那面找。現在從龍門到虎頭，一直到邊境線，每一個路口和交界都已被部隊、民兵、村民封鎖了。萊夫已經掉進了人民戰爭的汪洋大海。

我們慢慢穿過屠宰場東面的穀子地。人人都機械地走著，卻又故意放鬆些。兩個班長早已和好了。他倆之間總是這樣：先是激烈地爭吵，隨時隨刻都會動手，但一個小時後又成了哥們兒。我們這時的心情也好多了，只是一想起萊夫就罵。

屠宰場白天殺牛。搜完穀子地和黃豆地後，我們去看人家怎樣宰牛。馬林說他村裡的人一般先把牛絆倒，再用刀捅進牠的心臟。副班長搶過話頭，「胡說，你得先用大錘把牛打昏。誰能絆倒頭牛！」

我們都去屠宰場看個究竟。一間大屋裡倒掛著幾頭牛，全開了膛，帶皮卻沒有頭。現在是午休時間，只有兩個人在幹活。其中一人像是師傅，另一個像是徒弟。他們朝我們點點頭，不在意我們在那裡觀看。師傅長得粗壯，臉上的厚肉把眼睛擠成一對小三角。學徒的又高又瘦，長了一副窄肩，他下巴扭向一邊，幾乎跟左顴骨在一條垂線上。他像是低能兒。王民跟他們說我們想看看怎樣殺牛，他們同意給我們表演。我當時納悶兒，他倆怎麼能宰得了這麼大的牲畜。

他們把一條繩子擺進水泥地上的小溝裡，構成四個圈套。一把尖刀，約五吋長，搖搖晃地掛在師傅的屁股上。然後他們去綠門後面的牛欄，牽出一頭大公牛。這牲畜看見懸空的牛屍，拒絕往前走。牠肩頭的毛已經磨掉了，牠一定幹了好多年活兒。牠的眼睛黯淡無光。眼淚，我看見眼淚從牠臉上流下來。師徒倆使勁地拉牠。

那牛四蹄一進圈套，他倆就拽緊繩子的兩端。砰的一聲，牛摔倒在地上，四腿被綁到一起；小夥子掄起鐵錘猛擊牛頭，那牛一下僵住了。師傅迅速抽出刀子割牛頭。白花花的肉在刀刃下裂開，立即變得猩紅。就三刀，牛頭落了地。整個過程沒用上二十秒鐘。地板上血沫和血水四下流淌，屋裡立刻充滿堆肥的氣味兒。

我扭頭走開，肚子裡痙攣起來，眼前火星從艾蒿上四下飛濺。我好噁心，可又什麼也吐不出來。他們宰一頭牛像殺隻雞。奶奶說得對：世界上最壞的是人。那頭牛爲主人幹活兒一直幹到老，等牠幹不動了，主人便把牠賣給屠宰場。那牛剛才哭了，默默地求那個胖屠夫饒牠一命，可人要吃牛肉啊，他們不理睬牠的眼淚，殺了牠。人是眞正的野獸。

我回到班裡時，同志們都在黃豆地邊上吃午飯，還在談論宰牛的場面。沒人料到殺一頭牛這麼容易，動靜都不出。午飯還是壓縮餅乾，早上我們每人多分了兩塊兒做午飯。我餓了，逼著自己吃，但肚子難受，不能像別人吃得那麼快。班長告訴我慢慢吃。那些吃完餅乾的人都躺在草地上吸菸。

下午三點，傳來了消息——萊夫落網了。我們班與全連會合，然後乘卡車到師部去等他。大家都尋思著一旦萊夫再落到我們手裡，我們該怎麼收拾他。

原來，萊夫不但不知道他被囚在龍門，而且也不清楚蘇聯在哪個方向。整整一夜他一直往內陸跑，但僅走出了三十里。跟預料的相反，我們好菸好酒、大魚大肉地把他養嬌了——他已經無法吃地裡的莊稼，所以不管多麼餓，他一夜沒吃任何東西。中午時，他再也忍不住了，便從玉米地裡鑽出來，向一位過路的老農要吃的，還要菸抽。老漢知道萊夫是誰，就把他帶到家裡。老頭先裝袋菸讓萊夫抽，然後招呼他老婆生火做飯，同時他女兒跑到生產隊向民兵報告。民兵來到他家時，萊夫正在吃蔥油餅、炒雞蛋、醋溜豆芽。民兵們沒驚動萊夫，只包圍了房子。後來朝陽縣武裝部派來一輛吉普車把他拉走了。

現在我們準備接收他。市裡的人都聽說我們抓住了逃跑的「蘇聯特務」。民兵、警察、老百姓聚集在師部大門口，站了好幾排。我們把他們擋住，不許他們越過哨所。他們中有人拿著槍，但大多數人攥著棍子和鐵，他們說要給這個「蘇聯特務」好好上一課。大家都氣呼呼的，因爲一夜沒合眼，一連跋涉了二十個鐘頭，而且好多莊稼和蔬菜都被踩毀了。連一些警察也要給這個大鼻子一點顏色看看。

我們的任務是押送萊夫回東郊機場。從現在起，萊夫的優待全都取消了，他的伙食費跟我們一樣多，以後他同我們一起開伙。

吉普車剛停下，萊夫就下了車，銬住的雙手抱在胸前。一些人衝過去，萊夫看得出他們要揍他。他趕緊朝我們走過來，但又站住了，大概看見我們都全副武裝，手持長槍。我們眞恨他——因爲他，我們現在臭名遠揚了。我們每人還得做好幾天的自我批評。

我們看見他周圍只有幾人握著棍子，就沒正經干涉，只是喊喊：「不要打人，不要動武。」我們想，他們揍他幾下，又傷不著他，該給他個警告，教他以後別再逃跑。

「哎呀！」萊夫大叫一聲，跌倒在地。他在石子鋪的路面上打滾，一直滾到路邊的溝裡。他躺在那裡，臉朝天，身上的綠軍裝變得花花糊糊。他抱著頭，扭動著要掙脫手銬，但他的兩腿卻一動不動。

「住手，住手！」我們全跑過去把凶狂的人群推到一邊。誰也沒料到他們要往死裡打萊夫。一個小夥子仍在人群裡向前躥，揮著扁擔喊著：「放開我！我要跟這個蘇聯韃子算賬！」就是他把萊夫的右腿打斷了。我們把他扭住，連他的扁擔一起帶進師部。事後我們聽說他哥哥是民兵排長，那天早上被走火的卡賓槍給斃了。

萊夫被抬到收發室。他身上有股羊羶味兒，他躺在水泥地上不停地抖動。他低聲呻吟，雙眼緊閉，像是一頭牲口說不出話來，儘管焦翻譯就站在他身旁。他衣服上有些地方被汗水濕透了。石班長托起萊夫的脖子，把一杯涼水送到他嘴邊。萊夫一口氣喝乾了，連眼也沒睜，好像不在乎我們給他水還是毒藥。

蔡軍醫隨救護車來了。我們抬起萊夫，把他放進車廂。救護車立即向二十三野戰醫院駛去。

那天晚上我們扛起背包回到連裡；從此再沒見到萊夫。他的出逃倒澄清了他的身分——他不是特務，沒有什麼人跟他接頭，他甚至朝西南跑，以爲蘇聯在北京那邊。

我們聽說兩個月後他被遣送回國，是與我軍四團的一個逃兵相交換的。雖然我們弄清了萊夫的身分，我想他不容易在蘇聯人面前證明自己的清白。他們會懷疑他是叛徒或是中方間諜。算他走運，他斷了條腿。

1 Awalkie-talkie，手提無線電話機。

2 Dacron，或譯「達克龍」，一種人造纖維。

老鄉

午休時我躺在床上讀《林海雪原》。文書徐方進來說：「陳指導員，外面有個人說是從你家鄉來的，要見你。」

「啊，我的老鄉？你沒聽錯吧？」我坐起來，把書放在床頭櫃上。

「沒錯，他說要見你。」

我出門去了操場。這是個火辣辣的大熱天，營房裡靜悄悄的，全連都在睡午覺。哼，褚天，他當然是我的老鄉。儘管他穿著便裝，我一眼就認出他。就是他剝了皮，我也認得他的骨頭。說也奇怪，他身上背著個三、四歲的孩子，孩子仍在睡覺，嘴巴半開著，流出一線口水。褚天尷尬地對我笑笑，憔悴的臉上的肌肉使勁向兩邊擴展，亂蓬蓬的頭髮裡露出一對招風耳。

「找我幹啥？」我問。我心裡犯嘀咕，他怎麼落到這個田地，變成了叫花子。他身上的藍布衫已經穿破了，散發著羊尿味兒。他使我想起泥巴圈裡的豬。

「陳軍，我——如果我有別的出路的話，絕不來麻煩你。我兒子病了——肺炎，所以來這兒求你幫忙。」他的蒜頭鼻子抽動了幾下。

「何必找我呢？你自己不是醫生嗎？」

「在這兒除了你，我誰都不認識。別算舊賬了，好嗎？這孩子快病死了，救救他吧！」

有什麼辦法呢？我把他帶到連部，領進我的房間，然後叫人去找衛生員任明。這孩子像是病得不輕，一聲不出。

任明告訴我，連裡有許多瓶青黴素注射劑。褚天是醫生，親手用碘酒棉球擦擦他兒子的屁股蛋兒，一針打了下去。

「好啦，好啦，好好睡一覺。」他給哼叫著的孩子蓋上他的髒外衣。

媽的，讓他進了屋，他卻上了我的床。

褚天轉身對我說：「是痲疹引起的肺炎，只要有青黴素，我就能把他治好。」他嘆了口氣。「我們離家在外已經一個多月了，晚上，不是睡在火車站裡就是在露天地裡。我還算運氣好，沒折騰病。孩子太小了，受不了這種動盪的生活。」

我沒搭腔，但他最後幾句話引起我的興趣。文書徐方送來一暖瓶開水和三個茶缸，把它們放在桌上就離開了。

「下午我有許多事要處理，」我說，「你可以跟孩子待在這裡。」

我轉身往外走時，褚天站起來。這個無賴，在這裡倒還沒忘記恭敬一些。

我不知道爲什麼沒叫他滾蛋，滾得遠遠的，別教我看見他。他跟我姊姊訂了三年婚，因爲他在部隊提升幹部了就拋棄了她。的確，北京的姑娘更有魅力，白淨的臉蛋兒，細溜的腰；的確他不是當初的兵崽兒了；但是自己的地位高了就扔掉未婚妻，這太不道德了。我姊姊哭了好多天，說沒臉見人了。我記得當時要去離我們村六里遠的褚家屯，要他的父母說個明白；我母親擋住了我，說褚家勢力太大，惹不起。

我恨死他了！但現在我能做什麼呢？在戰士們面前，我不能表現得無禮，特別是哨兵、衛生員、通訊員、文書都看見了那個生病的孩子。雖然心裡不願意拿他當老鄉款待，我還是告訴炊事班準備兩份兒客人的飯菜。在士兵們眼裡，讓老鄉吃大鍋飯是不光彩的事。看起來，幾個小時之內褚天不會離開，我得掏腰包付晚飯錢。我倒不在乎給他倆東西吃，要是能灌他們一肚子馬糞的話。

他怎麼變成了流浪漢？六年前他多威風啊，他是陸軍總院的醫生。那年，他和他的藥劑師夫人從北京回家探親。兩人都穿著亮錚錚的皮鞋和新軍大衣，走在大街上，村裡的孩子跟在後面，又吹口哨又叫喊：「大軍官，向後轉。大軍官，慢慢走。」那時候我才是個班長，在鎮上跟他走個對面，他連頭都不點一下。現在你看他——就連他村的狗也會對這個乞丐嗥叫。

葉連長帶著三排到南山幫農民夏收去了，所以我沒請任何人陪客。晚飯擺在我的房間裡。那個孩子仍在睡覺，他好些了，體溫降了三度。褚天時不時地瞟一眼桌上的紅燒排骨和溜炸豆腐。

「吃吧。」我爲自己盛了一碗大米飯。我沒有同他喝一杯。一頓好飯就足夠了。

他吞下一塊豆腐，塞了滿滿一口米飯。「噢，謝謝你，陳老弟。五個星期了，我還沒吃過這樣的好飯。」

住嘴！誰跟你稱兄道弟？

「陳老弟，」他又說開了，齜著黃牙，「我永遠不會忘記這頓飯。眞香啊！」他嘴唇油糊糊的。

我沒吱聲，悶頭吃。他覺察到我沒好氣，就閉了嘴。

兩碗飯後，我隨便問他：「你到底出什麼事了？」

他嘆了口氣，嘴裡仍嚼著排骨。「幾句話是解釋不清的。」

「告訴我是怎麼回事兒。」

我泡茶的時候，他開始講他的故事：「兩個月前，在一個幹部會議上，醫院政委讓我們做批評檢舉。每個人都應該說點兒什麼。輪到我了，我站起來代表高幹病房發言，因爲我是病房主任。」

「你說了些什麼？」我把一缸茶水放在他面前。

「謝謝。我當時說，我們病房的七個女護士跟我抱怨有幾位首長對她們動手動腳。上個星期，一位將軍扯壞了溫護士的裙子。我在此並不想指名道姓。這種事情在我們病房裡發生了一次又一次。這些首長都是些老革命，應該爲我們年輕一代樹立榜樣。再說，他們都是有孫子的人了。他們這麼做實在令人感到羞恥。」他捏起漂在水上的茶葉，喝了一小口茶。

我想笑，這個死腦筋，但我卻問：「後來呢？」

「在會上，政委說他將親自過問此事。表面上一切正常。可一個星期後，醫院大門兩邊突然出現了大字報，給我扣帽子，說我傳播反動言論。我嚇壞了，這可是生死大事。我親眼看到紅衛兵毒打陳毅元帥。我誰啊？如果我落到醫院的革命群眾手裡，非被整死不可。兩天後，我們一家正在吃午飯，鄰居劉大嬸兒匆匆進來說：『小褚，快跑，快點！他們來抓你了。』正說著，外面傳來上樓的腳步聲。從自家的門是跑不出去了。我老婆是個遇事不慌的人。她說：『把咱們的孩子帶上；他們不會饒了他的。』我背著孩子，爬到劉家的陽臺去，溜出了樓。我們直接去了火車站，跳上了一列來東北的火車。這是爲什麼我現在在這裡。」

「你夠運氣了。」我不明白自己怎麼冒出這麼句話。「這裡你有親戚嗎？」

「沒有，除了你，我誰都不認識。我們只是瞎走，有時坐火車，有時步行。在長春，我看到布告上登著我的照片，說我是反革命分子，必須捉拿歸案。對不起，我並不想牽連你……」

通訊員孟冬亮進來收桌子。我讓他留下一碗飯菜。我遞給褚天一支大中華菸，他點上使勁地抽起來，像在吃他娘的奶。孩子醒了，看見肉和飯，似乎忘了自己的病，沒命地吃起來。「爸爸，眞興（香）啊。」他含糊地說，抿嘴嚼著。我注意到孩子不像他父親，一對圓眼睛，也許不是褚家的種。

「慢慢吃，盾盾。」褚天摸摸他兒子的額頭，轉向我說，「他好多了，藥生效了。」

等通訊員一離開，褚天接著說下去：「我不是想給你找麻煩，但我們不能去醫院。我們不會在你這裡待很久，眞謝謝你啦，陳軍。」

「你們不能在這兒久待，這裡也不安全。幸虧今晚連長不在家。」

「我明白。明天一早我們就離開。不過有件事求你幫個忙，我的好兄弟？」

「什麼事兒？」

「給我一支注射器和幾瓶青黴素。」

「我得看看行不行。」

我們之間的仇太深了。現在他落到我手裡，我不會讓他好受的。他解除與我姊姊的婚約後的許多年裡，我母親都覺得抬不起頭來。我姊姊就是現在見到他也能把他活吃了。

那天晚上，我讓衛生員包起一些藥和一枝針管兒，但這並不意味著褚天想要啥就有啥。實際上，我躺在連長的床上，琢磨著是不是應該向師政治部報案。誰知道褚天說的是眞話還是謊話呢？他可能眞是個反動分子。這正是顯示我對黨忠誠的機會，而且也正好報復他一下。兩個星期前，我風聞師政治部正考慮提拔我爲幹部科副科長。一個連指導員一下子就提到正營級的職位上，你想我能光在這裡等著天上掉餡兒餅嗎？不行，我必須有所行動。還有比告發一個反革命分子更適當的行動嗎？

但那孩子怎麼辦？我才不管他呢。他是褚家的人，應該享受跟他父親同樣的待遇。我才不在乎他倆都被抓起來呢。明天一早我就給政治部打電話。

我滿腦子都是計畫，昏昏沉沉地睡過去了。

但早晨醒來，我改變了主意。有一點我沒想過：如果他們來抓褚天，可能不會把孩子帶走，褚天一定會央求我把那個小豬八戒送回老家去。我怎麼能當著戰士們的面拒絕他呢？這孩子又不是反動分子。我得想出個辦法處理好這件事。

早飯後，他們準備離開。我仍沒想出適當的解決辦法——既讓上級喜歡，也使自己對褚天的下場不必負責任。看來很難顧全兩面，做得乾淨俐索。我直撓頭皮，可想不出個好辦法。

我腋下夾著醫藥包，跟著他們父子一起往樓外去，心裡說：行，這次就讓你這個惡棍從我手指縫溜掉。下一回再好好收拾你。

走到樓門口，我把藥包遞給褚天。他一見，眼圈就濕了。「陳軍兄弟，你是我們的大恩人。我們永遠忘不了你。盾盾，快下來，給陳叔叔磕頭。」他把小髒孩兒放到地上。

「行了，不要這麼做。」我提起這個小猴子送給他父親。我不能讓他在通訊和文書面前出這種洋相。天知道那一刻我怎麼昏了頭，我從錢包裡拿出兩張十元的票子，放在褚天手中。

他收了錢，含淚說：「你是我們的救命恩人，只要我們活著，我們就將記著你的恩情！」他轉身走了，背著孩子。冷颼颼的晨風從後面吹起他們蓬亂的頭髮，一些乾樹葉急促地在他們前面蹦跳著。

我拿不準爲什麼給他錢，也許我要在戰士們面前顯示自己多麼慷慨，也許我要那個渾蛋記住我對他的恩德。

好兵

我怎麼也想不到團政治處送來了劉福的照片。你看他這副蠢樣：半自動步槍歪在胸前，皮帽右上方寫著「保衛祖國！」他憨笑著，仍是個農家小夥子，毫無軍人的嚴峻表情。他來我們排才十個月，一個新兵，怎麼這麼快就成了虎頭城裡小白妖的暗客？

張指導員打斷我的思路。「我跟他談過了，他承認今年見過那女人六次。」

「六次？」我又吃了一驚。「他才來不久，怎麼這麼快就跟她勾搭上了？」

「我也在琢磨這個問題。」指導員在菸灰缸上彈彈手裡的菸，抬頭朝屋對面望去，要確定通訊員已經離開。「我認為一定有個拉皮條的，可劉福堅持說是自己在那個妖精的理髮館裡認識她的。顯然他是個新手，老狐狸是絕不會把照片留給那個黃鼠狼的。」

「沒錯。」我想起去年團政治處的通報上提到過這個女人。她和一位軍官在床上被抓住，兩人都被帶到團部。小白妖承認許多軍官和士兵都到她那裡去過；有一回，她一夜就接待了六個軍人，但她並不知道他們的姓名；每人付她兩塊錢，就上了床，別的她就不清楚了。馮政委發誓要把這些人全挖出來。他們一定是我們五團的人，因爲我們團是虎頭縣唯一的駐軍。但這些人都是老油條，沒留下任何蹤跡。

「你得跟他談談。」張指導員對我說，吐出一口煙霧。「汪湖同志，除了劉福這件事，你們排今年各方面都很好。不要整天光練兵，思想教育更重要啊。你看，只要我們一放鬆思想意識的教育，戰士們就會出問題。」

「指導員，我這就找他談。從現在起我一定抓緊思想教育。」

「這就好。」

他好像不願繼續談下去，我就起身告辭了。外面雪停了，北風更冷了。回排裡的路上，我心裡火燎燎的。應該怎樣處理這件事呢？我很生劉福的氣，這事太丟人了。我一直把他當作提拔的苗子。他們班長李耀坪明年將復員，我打算讓劉福來接班。憑心而論，劉福是個好兵。他是排裡手榴彈紀錄的保持者，能投七十二米。上次實彈射擊中，他九發子彈中了八十四環；除了我，他打得比誰都好。我中了八十六環。如果我們與其他三個排比武，他肯定是我們的第一號選手。

不用說，我喜歡他，不僅喜歡他的技能，也喜歡他的性格。他是個大塊兒頭，一米八二，稍有點笨重，但手腳敏捷。他的大眼睛常常讓我想起我們村的一匹小馬駒，他的濃眉闊嘴使他有些像年畫上的武將。別的戰士們也都喜歡他，他在我們九連有不少朋友。

我忘不了他是怎樣被編進一首詩的。去年開春，我們種黃豆，牛馬不夠，我就派三班拉犁開壟。第一天戰士們幹得汗淋淋的，抱怨這是牲口幹的活兒。雖然他們高唱革命歌曲，甚至假裝是日本鬼子向村子進軍，可還是不能使這活兒輕快些。第二天卻不同，劉福跟另外兩個戰士刮了光頭，出現在地裡。他們說禿頭涼快，收工後好洗。地裡的氣氛一下子就活起來。他們三人走在犁隊前面，大光頭搖晃著，活像白亮的氣球。大家都想開開心。劉福的個子比別人高，頭又大，就成了他們的靶子。幾小時後一首關於他的詩就作成了。戰士們邊拉犁邊喊：

大劉一脫帽，
縣長把頭搖：
「這麼一大片鹽鹼地，
哪年才能上綱要！」

大劉一脫帽，
五金公司拍手笑：

「這麼新的大燈泡，
　你說光耀不光耀！」

大劉一脫帽，
售貨員嚇一跳：
「賣了這麼多年避孕套，
　從沒見過這麼大號！」

幾天之內全連都學會了這首打油詩。大劉倒也不在乎，跟著別人一起喊，不過他把大劉換成小王、老孟等人。隨著他的名聲增大，他在連裡到處都受歡迎。像他這樣負「眾望」的人，當個班長、排長一定能勝任。這是爲什麼我準備下一年提升他爲班長。唉，誰能想到他竟是一隻「花狐狸」。

張指導員說得對，肯定有個拉皮條的。我們駐紮在馬蹄山，離虎頭城五十多里；一年中，劉福最多在星期天去過縣城六、七次。他嫖了小白妖六回？幾乎每次進城都去她那裡。這不可能，除非一開始就有人把他領到那女人身邊。我記得第一次是李東陪他進城的，第二次是趙一明。這兩個老兵都挺可靠，不像是拉皮條的。但知人知面不知心，我得好好問問劉福。

我們沒談多久。劉福一副羞愧、喪氣的樣子，但他否認這事與別人有關，說應該好漢做事好漢當。

其實我很讚賞他只責備自己。如果從我們排裡找出另一個嫖客來，我們的名聲可就壞了，別人會說一排有個嫖客幫。那樣，劉福的日子也就不好過了，別人會責怪他不義氣。

但這件事我必須嚴肅對待，及時制止住。我們駐守在邊境上是為了保衛祖國，亂追女人只能使我們喪失鬥志。我們是中國的革命軍人，可不能像邊境那邊的蘇聯兵，不能靠女人來提高士氣。每個星期六晚上，從我方的瞭望塔上可以看見女大學生們聚在蘇軍營房裡，男男女女圍著篝火又唱又跳，親嘴、擁抱，雙雙在樹林裡翻滾亂交。他們是一群野蠻的修正主義者，而我們是真正的革命戰士。

所以我要劉福寫一份自我批評，檢查認識自己頭腦裡的資產階級思想，並認清自己錯誤的嚴重性。他哭了，求我別給他處分，怕家人知道這件事情，還怕一輩子也洗不掉這個污點。我告訴他處分是免不了的，這事我做不了主。我最好跟他實話實說。

「這麼說我完蛋了？」他那雙馬駒眼望著我的嘴。

「你這件事情是團部追下來的，咱們連無法違背上面的意思。一般來說，犯了你這樣的錯誤，免不了挨個處分，但這並不意味著你一輩子就完了。全看你自己今後怎麼表現了。如果你從現在起在各方面都做得很好，到復員時，就可能把這個處分從檔案裡拿出來。」

他張張大嘴巴，沒說出話來，好像什麼東西衝到嗓子眼兒又被嚥了下去。「復員」這兩個字一定把他震得不輕，因爲像他這樣的農村兵，總要好好幹，將來能有個機會提升成軍官。退伍回鄉可是件不幸的事。窮鄉村裡沒有工作等著他，如果他沒工作，就不會有姑娘願意嫁給他。但事情已經鬧到這個地步，劉福的命運也就定了：他永遠不可能成爲軍官。

兩天後他交上來了他的自我批評。八頁白紙上墨跡斑斑，寫著一行行潦草的大字。像他這樣的農家子弟當然說不出驚人的話。他的語言很簡單，一些句子也不連貫。檢討的要點是說自己沒有努力清除頭腦裡的資產階級思想，以致染上了自由主義的病症。三大紀律八項注意的第七條說得清清楚楚：「不調戲婦女，」但他卻忘記了毛主席的教導，破壞了軍紀。他還忘記了一個邊疆衛士的職責：邊境那邊敵人在磨刀霍霍，而自己卻沉醉在女色之中。他有愧於黨的培育，有愧於祖國對他的期望，有愧於父母把他養這麼大，有愧於人民給他的手中槍，有愧於一身綠軍裝。

我知道他不會油嘴滑舌，就讓他過了關。他態度很誠懇，這就行了。

我告訴他我將探探張指導員的口氣，看看我們能不能求團部對他從輕處理。我的話像是給了他幾分安慰。「這事兒並沒完，」我警告他，「但你不必把它當作包袱。要重新開始，立功贖罪。」

他謝了我，說永遠不會忘記我的幫助。

兩個星期過去了，團政治處還沒下達處理劉福的意見。我們指導員、連長也不催上面。這樣做很明智，因為事情拖久了，人們的興趣會漸漸消失，迫切感也就沒了，處理就會寬大些。事實上，連領導們並不希望上級重罰劉福。劉福是他們的兵，沒有哪個好領導願看自己的人受懲治。

一個月過去了，還是沒有消息。劉福似乎挺安靜，脾氣比以前更好了。為防止他再跟小白妖來往，週末我們禁止他下山；同時還限制別的戰士，特別是新兵，輕易不讓他們進城。

一天夜裡該我查崗。我的任務是去各哨位看看，以防哨兵打盹兒或玩忽職守。我們連共有五個哨位，包括那個在倉庫的新點兒，那裡存放著糧食和部分彈藥。我打心眼兒裡不願查崗，半夜裡跳下床，還得裝著像貍貓一樣惺惺。假如你不在哨兵面前顯得精神十足，他們就會學你的樣子，隨便打起瞌睡。

我先去了停車場，那裡停放著我們的卡車和迫擊炮。黑暗中哨兵在吸菸，教我抓住。我命令他立即把菸掐死。這小傢伙說天太冷了，要不做點什麼就睏得睜不開眼。我告訴他，每個人都得在這冰天雪夜裡站崗值班。天冷怪誰？怪老天爺。誰不睏？但他別忘了我們離邊界線才四里地。如果他不警覺，就等於拿自己的小命當兒戲。蘇方經常派特務來偵察我們的哨位和部署。如果必要或方便的話，他們會幹掉我們的哨兵。所以為了自身安全，他必須惺惺些，而且不能暴露自己。

然後我去了門崗和連部，那兩處一切都正常。我跟兩位哨兵各聊了幾分鐘，給了他們幾把炒葵花籽，就往倉庫去了。

那裡的哨位空著，我就在倉庫裡等一會兒，心想哨兵一定是到外面去解手了。

十分鐘後，還不見有人回來；我心裡發毛，擔心出事了，又不能大聲喊哨兵。夜靜極了，大聲叫喊會把全連驚醒，蘇軍那邊也可能聽到動靜。但我必須弄清哨兵躲到哪裡去了。他準是在哪兒打盹兒呢。雪地裡沒有雜亂的腳印，他不像是被人綁架或幹掉了。我順著一行剛踩出的腳印走了一段，腳印通向馬廄。我抬頭朝那邊望望，看見昏暗的燈光從馬廄的天窗透出來。一定有人在那裡。他在馬廄裡幹啥？誰是哨兵？我看看夜光手錶，一點半了，但想不起來哨兵是誰。

接近門口，我聽見裡面有動靜，就加快腳步。我用槍頭撩起棉被門簾，往裡邊瞧瞧，怕有人打我個冷不妨。

噢，劉福在這裡！原來是他當班。他站在一匹灰騾子身邊忙著繫褲腰帶。他的槍倚著長馬槽，槍口上掛著皮帽子。灰騾子那邊站著十幾匹馬，都在低頭睡覺。這個渾蛋，怎麼能在馬廄裡上廁所呢？眞會找地方，這裡凍不著屁股。

不對，這事有點兒蹊蹺。我注意到騾子後面立著一條長凳，凳面上有些雪塊和濕斑。這個畜生！他原來在這裡幹這頭騾子呢！你看他，汗漉漉的臉扭曲著，掛著既尷尬又明確的表情，好像在說：

「我忍不住了，饒了我吧，忍不住了！」

我衝過去抓住他的前襟。雖然他比我高，比我壯，但在我手裡他像散了架。當然了，這個畜生也該蔫巴了。我一邊搧他的耳光一邊罵：「你這個操騾子的，從來不讓自己的雞巴閒著！今天老子騙了你，把你的刺撓蛋子扔給狗吃！」

他不抵抗，也不敢抬頭，光呻吟著，好像這頓揍使他好受些。遇到這麼個打不還手、罵不還口的傢伙，我一會兒就消了些氣。我總不能沒完沒了地打一個不自衛的人。我放開他，命令道：「回倉庫站崗去！明天咱們再算賬。」

他拾起槍，用帽子擦了擦臉上的淚水，一聲不響地出去了。馬廄裡所有的牲口都醒了，睜著眼睛，豎著耳朵。一匹馬發出噴鼻聲。

我沒等到天亮就把李耀坪叫起來。在向張指導員彙報之前我倆得先談談，我要進一步了解一下劉福。如果他跟城裡的姑娘胡來，我能理解，因為山上沒有女人。但去捅一頭啞巴牲口，怎麼能想得出來？眞惡心人。

李班長進屋時睡意還沒全消。我遞給他一支菸，劃根火柴給他點上。「坐下吧，我跟你談件事。」

他坐在板凳上，抽著菸。「黑燈瞎火地你要跟我談啥？」他看了看手錶。「都兩點半了。」

「我要跟你談談劉福。剛才我發現他在馬廄裡弄那頭灰騾子。」我不想說「他在操騾子」，因爲我並沒看見他那麼做，但他肯定幹了。我揍他、罵他時，他完全不否認。我想進一步跟李班長解釋我的意思。

「眞的？你是說他又做那事了？」他搖搖頭，摸摸帶雀斑的臉。

「你早就知道了？」

「是——是的。」他點點頭。

「你爲什麼不及時向我彙報？誰給你權力隱瞞眞相？」我火了，要不是隔壁有人睡覺我一定會大聲呵斥他。

「他跟我保證再不那麼做了，」李班長緊張地說。「我以爲應該給他個機會。」

「機會？難道他和小白妖亂搞之後我們沒給他機會嗎？」我氣極了。顯然這事就發生在我眼皮底下，而且有一段時間了，但我從未察覺。「告訴我，你什麼時候看見他做那事的，多少次？」

「我只看見他幹過一回。上個星期六夜裡，我看見他站在凳子上，趴在灰騾子的屁股上直晃悠。我從馬廄的後窗望了約有一分鐘，然後咳嗽了一聲。他嚇得從凳子上掉下來。一見我進去，他就跪下來，求我饒了他，別把這事張揚出去。他那副可憐相啊，這麼大的漢子，所以我說我不會告發他。但我狠狠地批評了他一頓。」

「你說了些什麼？你怎麼批評他的，我的班長同志？」我心裡納悶兒，他對劉福好像很同情。

「我問他為啥要操騍子？」李耀坪似乎逗趣地說。

「這是什麼蠢話。他怎樣回答的？」

「他說：『班長，你知道騍子懷……懷不上駒。我保證，絕不動那……那些母馬。』」李耀坪哧哧地笑起來。

「什麼？好一個二百五。你是說他以為能把那些母馬搞大肚子？」

「對，對啊！」

「傻屌一根，他還滿道德的呢，擔心當小馬駒的爹呢。」我忍不住地笑起來，李耀坪也放聲大笑。

「噓——」我提醒他隔壁有人在睡覺。

「我告訴他即便是騍子也不許再碰。他保證不再幹了。」李班長對我眨眨眼。

「老李啊，你這隻老狐狸。」

「別這麼厲害，汪排長。憑良心說，劉福是個好兵，除了管不住自己的雞巴以外，別的方面都挺好。我不明白他為啥這樣。如果說這是資產階級思想在他頭腦裡作怪吧，這也不合適。他家出身貧農，根紅苗正……」

「老李，我不是要你找什麼理論根據。我想知道咱們現在該怎麼處理這件事。明天上午，也就是幾個小時後，我得向連裡彙報。咱們該說什麼，怎麼說呢？」

「那麼你想留下他呢，還是想去掉他？」

這確實是問題的關鍵，但我拿不定主意。劉福是我最好的戰士，將來會派上用場的。我問李班長：「你是什麼意思呢？起碼咱們這回不能再爲他掩蓋吧？」我明白了老李沒告發劉福是因爲要把他留在班裡。

「當然了，咱們給過他機會了，是不是……」

門砰地開了，有人闖了進來。原來是馬平理，連裡最年輕的戰士，他應當在倉庫那邊站三點鐘的崗。「汪排長，劉福不在哨位上。」他摘下毛氈鼻罩，直喘粗氣。「所有的電話線都被割斷了，電話哪兒也打不出去。」

「你沒四下找找他嗎？」

「找了，全都找遍了。」

「他的槍呢？」

「槍還在，在哨位那兒，但人沒了。」

「趕快，牽馬來，」我下令說，「咱們去把他逮回來。」

馬平理扭頭朝馬廄跑去。我看了老李一眼，他的眼神表明他也意識到發生了什麼事。「拿上這個。」我遞給他一枝半自動步槍，他心事重重地接過去。我又拿起一枝槍。我倆都不太自在，默默地出屋去等馬平理。

三匹馬跑得渾身是汗，向邊界線奔去。我約莫著我們有足夠的時間截住劉福。他爲了躲開我們的瞭望塔，必須繞個大彎兒，從南面翻山。可是等我們來到烏蘇里江邊，一行腳印出現在面前，彎彎曲曲地越過冰雪覆蓋的江面，延伸到對岸，漸漸地消失在藍白色的、茫茫無邊的蘇聯境內。

「這個畜生，比馬還壯。」我說，眞想不到他能在深雪裡跑得這麼快。

「他在那裡！」馬平理指向一個小山坡，坡腰以上蓋著灰濛濛的樹林。

眞的，我看到一個黑點正朝林邊移動著，大約有五百米遠。眞想不到——他怎麼會傻得連僞裝斗篷都不戴？我舉起望遠鏡，看見他右肩上扛著一個鼓鼓囊囊的麻袋，拚命往樹林跑。原來他脖子上繫著個白斗篷，那片白布在他身後呼扇著，使他像一隻大蝴蝶。我把望遠鏡遞給老李。

老李望了望。「他扛走了滿滿一袋《前進報》！」他震驚地說。

「他是從伙房偷的，伙房門被撬開了。」小馬彙報說。我們都知道炊事員把《前進報》——瀋陽軍區報——存在麻袋裡當引火紙。上級有令不准把報紙亂扔，因爲蘇軍收集此報，每天都從香港購買，十美元一份。

「人家老毛子才不要那些舊報紙呢，」我說，「他們已經有了，他們只要最近的。這個傻子。」

突然，一束黃光刺破山坡上的天空。蘇軍的瞭望塔一定看見了他，他們的吉普車來接他了。

老李和我對看了一眼，兩人都明白該做什麼。時間緊迫，不容遲疑。「沒別的辦法。」我低聲說，把瞄準鏡裝上槍。「他背叛了祖國，已經成爲咱們的敵人。」

我舉起步槍，穩穩地瞄準了他。一串子彈把他固定在那邊。他栽倒在遠處的雪地裡，麻袋包從肩上落下來，滾下山坡。

「打著了！」小馬喊道。

「是打著了。咱們回去吧。」

我們翻身上馬，戰馬立刻向山下跑去。牠們急著要離開寒風雪地，回到馬廄裡。一路上，我們誰也沒再說話。

《辭海》

周文最後一年在部隊裡過得不痛快。同志們都找他的麻煩，因爲在他們眼裡，他不過是個書呆子冒充學者。每當大家打撲克、扯淡、或開玩笑時，他就藉口溜出去找個清淨的地方讀書。他這個習慣惹惱了電報站的同志們，連黃平站長也對他有看法。黃平是排級幹部，常對他手下人說：「這裡不是大學。誰要想當大學生，最好先回家去。」大夥兒都明白這話是衝周文說的。

有一件事倒讓他們喜歡周文，就是他願意值誰都恨的後半夜班，從一點到八點。凌晨時分周文可以讀小說和中學課本，不必學習毛著和馬、列的書。到了清晨，周文經常觀望東邊的天空，天邊漸漸由黑變灰，變白，變紅，變亮。黎明把黑暗一點一點地從龍門市趕走，直到刹時間一片新鮮的曙光降臨到千百座紅瓦屋頂上。

要不是有師後勤部梁部長，周文這一年肯定是倒楣的一年。梁部長家住在一座十九世紀俄國傳教士建的教堂裡，教堂坐落在師部大院的南角。一顆紅五星立在尖塔的頂端。教堂裡許多牆壁都被拆掉了，它被改裝成大禮堂，有時也做影院或劇場。所有資產階級的長椅都換成了無產階級的板凳；莊嚴的毛主席畫像取代了陰森森的基督罹難圖。

梁部長家和電報站的人都住在教堂後部。電臺的天線需要安在高處，所以電報站設在頂層，而下面三層全由梁家住著。每回師部放電影，電報站的人就從後門溜進大禮堂，倚著後牆從銀幕後面看電影。他們從不買票。可是除了放電影或演劇時，那後門總鎖著。周文常常想如果能獨自在大禮堂裡學習該有多好，但他進不去，只能到外面露天地裡去讀書。

十月的一天傍晚，他站在教堂附近的路燈下讀書。那天風很大，黑雲密集，正像天氣預報所說的——開始下雪了。周文聚精會神地讀著，沒注意到有人朝他走來，直到一個深沉的聲音嚇了他一跳。「小同志，你在這裡幹什麼？」梁部長站在他面前，親切地微笑著，他的左衣袖空空蕩蕩，從肩頭垂下來，袖口塞在衣兜裡。他注視著周文，眼睛下鼓著眼袋子。

「學習呢。」周文吃力地回答，合上書，不情願地讓首長看看書名。他盡力笑笑，但嘴唇抽動了幾下，沒笑出來。他眼睛黯淡下來，帶有幾分恐懼。

「《三國演義》。」梁部長喊起來。他指指周文腋下夾著的另一本書。「這個厚傢伙是什麼？」

「《辭海》，是本詞典。」周文後悔把這部書也帶出來了。

「能看看嗎？」

周文端著書讓他看。梁部長打開綠封皮，翻弄了幾頁。「像是本好書。」他說，示意可以把書收起來。「告訴我，你叫什麼名字？」

「周文。」

「是樓上電報站的吧？」

「是。」

「你經常讀古書嗎？」

「經常讀。」周文擔心首長要沒收他的書。這本《三國演義》是他從電話班的一位朋友那裡借的。

「你怎麼不在屋裡讀書呢？」梁部長問。

「樓上吵得慌，再說他們也不讓我讀書。」

「日他奶奶的！」梁部長搖搖花白的頭。「跟我來。」

周文拿不準這是怎麼回事，沒敢跟他走。他挺在那裡，望著梁部長又厚又寬的後身離去。

「我命令你進來。」梁部長大聲說，拉開家門。

周文跟他上了樓。梁部長家裡寬寬敞敞的，第一層就有五六個房間。一個長廳裡掛著枝形吊燈，紅地板亮。樓梯窗的窗檯大得像張單人床。梁部長拉開二樓上的一扇門，說：「你就用這個房間。什麼時候想學習，就到這裡來。」

「這——這不行。」

「我命令你用。我們有好多房間。從現在開始，我要是再看見你在外面讀書，我就把你們電報站從這座樓裡趕出去。」

「不行，不行，他們隨時都會需要我。他們若找不到我，我該怎麼說呢？」

「就說我需要你。我要你在這裡工作、學習。」梁部長關上門，大皮靴地走下樓去。

外面雪花飛旋著落到地上。透過窗戶，周文能看到部隊家屬辦的小賣店。禿溜溜的樹枝搖擺著，幾乎碰到玻璃。屋裡，綠窗帘垂落著，蓋住了高大的窗戶的四角。這間屋子雖然整潔明亮，但像是個舊家具倉庫。地板上放著一張大寫字檯、一張高凳、一把椅子、一張快要散架的沙發、一張木床，床頭立在地板上，四腳靠牆。但對周文來說，這可是天堂。那天晚上他一口氣讀了三個章回。

很快樓下這間屋子就成了他的小窩。在無線連裡他跟許多人合不來，領導和同志們都看他不順眼。他強迫自己忘記那些不順心的事，集中精力在樓下學習，但有時他還是很難自禁。最讓他頭疼的是老兵復員的日期快到了——他倒不在乎退伍，關鍵是自己還不是黨員。明擺著，沒有黨票，回家後很難找到好工作。連裡的黨員們覺得他書生氣太重，不願考慮他的入黨申請。在這件事上黃站長根本不會幫他一把，指導員司馬林也是一樣。周文過去曾與司馬林關係不錯，經常幫指導員寫宣傳文章，還常在連部前面那塊黑板上寫標語、作短詩。那塊大木板可是連隊的臉面，因為外來的人會看到上面的內容，從中了解全連上下眞摯的政治態度和高昂的志向。指導員曾經三次表揚過周文，說他詩作得妙，美術字寫得漂亮，但後來他們搞僵了，全是因爲那部《辭海》。

那《辭海》是部稀罕書，是周文的父親五十年代初買的。書是一九二九年版，十六開的道林紙，三千多頁厚，並附有中文、英文、拉丁文的索引。書的原價是八十銀元，可是周文的父親是在廢品收購站裡碰到它的，那裡一切都輪秤賣——這書重約三斤，他只花了一塊錢。司馬指導員從小到大只見過巴掌大小的、僅收有三千多個字的《新華字典》，他哪裡想得到世界上還有這麼一部大書。他一見到這本詞典，就愛不釋手，翻閱了整整兩個小時。他在辦公室裡來回踱步，兩手抱著這書像兜著個小娃娃。他告訴周文：「這本書眞喜死人了。它是個聚寶盆，是個金礦，是座彈藥庫！」

有一天指導員在連部對周文說：「小周，你能把那本大書讓給我嗎？」

「那是我家的傳家寶，不能送人。」周文眞後悔讓指導員看了那部詞典，而且還洩漏他父親只花了一元錢。

「我不白拿，你開個價，我一定付你個好價錢。」

「司馬指導員，我不能賣，那是我父親的書。」

「五十元怎麼樣？」

「要是我的，我就白送您。」

「一百元？」

「不行，我不能賣。」

「兩百？」

「不行。」

「小周，你太死板了。」指導員看著周文，意味深長地笑了笑。

從那一刻起，周文就明白了只要司馬林當黨支部書記，他就別想入黨。有時他想就把《辭海》給他算了，可怎麼也捨不得。他第二回拒絕司馬林後，心裡就靜不下來了，擔心書不在身邊會被人偷走。電報站裡沒有安全的地方可以把書藏起來；同志們如果知道指導員願花三個月的薪金買這部書，他們準會偷書給他進貢的。幸運的是周文如今有了自己的「書房」，他把《辭海》藏到樓下。

一天晚上，周文在屋裡讀書，梁部長進來了，身後跟著梁夫人。她手裡端著兩杯茶。梁部長說：「小周，喝點兒茶吧？」他自己拿過去一杯，坐下來。沙發在他屁股下嘎吱作響。

周文站起來，雙手從梁夫人手中接過茶。「請別這麼麻煩了。」

「喝杯茶，小周。」她和藹地笑著說，臉上布滿皺紋。「咱們是鄰居，對吧？」

「對，咱們是。」

「坐下吧，你倆兒說話，我下樓去做點事。」她轉身走了。

「你別客氣，要喝茶就喝。」梁部長說，吹吹水面上漂著的茶葉。周文喝了一小口。

「小周，」梁部長又說，「你知道我就喜歡年輕人愛學習。」

「嗯，我知道。」

「告訴我，你爲什麼要學習？」

「我也拿不太準。我爺爺是個秀才，但我父親中學沒念完就跟八路打日本去了。我父親總要我好好學習，說我們家是書香門第，我應該繼承家風。還有，我自己也喜歡讀書、寫字。」

「你父親是個好父親。」梁部長大聲宣布，好像在隊伍前訓話。「我家是貧農，扁擔橫在地上我爹也不認識那是『一』。但我也常對我孩子講你父親那樣的話。你看，眼下學校都關門了。年輕人不學習，卻搞什麼校外鬧革命。他們懂個屁革命。爲革命我丟掉了一隻胳膊和兩個手指頭。」他舉起右手，手上沒有小指和無名指，兩隻殘指根在熒光燈下顫動著。

周文鼓起勇氣問：「我可以知道您怎麼失去左臂的嗎？」

「行，我現在就告訴你這段故事，你聽了後要更用功。」梁部長舉起杯子喝了一大口。茶水在嘴裡咕嚕了幾聲，被嚥了下去。「一九三八年秋天，我是紅軍的機槍連連長。我們在甘肅山區同蔣介石開戰。我連的任務是堅守一座山頭，從那裡我們可以用機槍控制兩條通路，目的是掩護大部隊撤退。頭一天，我們跟敵人的兩個營打了一仗。他們要奪下山頭，被我們打了下去，山坡上留下了三百多具屍體。可是我連的指導員和十六名戰士犧牲了，還有二十多人負了重傷。天黑了，我們還弄不清我軍撤退的情況，也不知道還應該堅守多久。十點鐘左右，團部的一個通訊員送來了命令。命令很簡單，一個紙片上寫著兩個鉛筆字。我看得出那是團長肖雄的手跡，字寫得虎實實的。

「我把紙片翻來倒去，弄不明白上面的意思。我識幾個字，但不認識這兩個。我對全連喊，『誰識字兒？』沒人回答。其實連裡只有指導員有文化，可是他已經不在了。你可以想像我當時那個急呀，我們都是睜眼瞎子！我用拳頭捶著自己的頭，罵個不停。我掐住送信人的脖子喊，『你要是不告訴我那兩個字是什麼意思，老子就一槍給你腦瓜開瓢！』

「幾位排長好說歹說救下他一條命。他們說這不怨他，他也是個文盲。按規矩送信人不能知道信的內容，因爲如果敵人逮住他，可能會逼出實情。一般來說，一旦落到敵人手裡，送信人必須把信吞掉。

「現在我們該咋辦呢？我們不知道大部隊在哪裡，雖然上面告訴過我們：假如撤退，就去馬良莊。那個村子有二十多里遠，在北面。我們幾人想過來想過去，覺得這命令只能有兩種意思：堅守或撤退，但我們拿不準哪個對。如果命令說堅守，我們卻撤下去；第二天大部隊過山時沒有掩護，就會傷亡慘重，上級準會把我斃了。如果命令說撤退，而我們繼續堅守，那麼我們不過是冒一次險，也許跟敵人再打一仗，頂多跟大部隊失去聯繫。掂量了利弊，我決定留下來，下令讓戰士們好好休息，攢足勁兒明天再打。大家都累了，睡得像死豬一樣。」

周文差點兒笑出來，但控制住了自己。梁部長繼續說：「早晨五點左右，敵人開始炮擊山頭。我們沒料到他們拉來了重炮。頭一天他們只用了幾門迫擊炮。不到一分鐘，石塊兒、機槍、胳膊、腿、樹枝、樹幹到處亂飛。我聽見山下衝鋒號嘀嘀噠噠地響，知道敵人已經包圍了我們，開始向山上進攻。這一陣炮打掉了我們三分之二的人，這個仗是沒法打了。我扯著嗓子喊：『弟兄們，快逃命吧！』然後帶著我的通訊員和十幾個人撤下山去。這時敵人從四面爬上來了，他們的機槍叫個不停。我們只剩下幾枝手槍，無法還擊，只能逃命。一顆炮彈落在我們身後，炸倒了七個人。我的左胳膊被炸碎了，這隻手上的兩個手指也被彈片削掉了。」梁部長把右手舉到鎖骨的位置。「我們到達馬良莊的時候，團部正在那裡。見我這個慘樣，醫生護士們立即準備鋸掉我的左臂；這時肖團長來了，先搧了我一頓耳光。我並沒感到疼，當時幾乎處於昏迷狀態。過後我聽說那個命令是『撤退』。如果不是我已經掉了隻胳膊，肖團長就會當場砰了我。機槍連原有二十二挺機槍，是團裡全部機關槍的一半，全都丟掉了。肖團長罰我在團部餵馬，我當了六年馬夫。你看，小周，就兩個字兒，讓我們犧牲了一百二十人，一百二十條年輕的生命啊！這眞是血的教訓，血的教訓啊！」梁部長搖搖灰白的頭，一口把茶喝光。

「首長，我永遠牢記這個教訓。」周文十分感動。「現在我明白了您爲什麼要我們好好學習。」

「這就好。你是個有出息的年輕人，懂得書和知識的價値。幹革命首先要有文化，有知識。」

「是，必須要有。」

「那好，不早了，我得下樓去。你在這裡待多晚都行。記住，每天都要來學習。年輕人應該有高遠的志向，並且要堅定不移，不斷努力。」

從那天起周文更用功了。上午他應該補覺，可他只睡一個小時，另外三個小時在樓下讀書。同志們納悶兒他的床上午怎麼老是空著。如果有人問他去哪兒了，他就說去給梁部長做事了，要是他們需要他，就給梁部長家掛電話。當然，誰也不敢打電話或下樓去找他。

如今他的「書房」乾淨、氣派多了，地板每天拖一遍，寫字檯上擺著茶杯和灌滿開水的暖瓶。這些全由梁部長的勤務員來做。隔三差五梁部長也到這裡坐坐，要周文講《三國》給他聽。對這些故事他瞭如指掌，幾十年來聽過無數遍了。《三國》裡的五員大將中，他最喜歡關羽，因為關公有智謀，不光是勇猛。說完《三國》，他們又侃《水滸》。梁部長讓周文給他講那些綠林好漢的故事，其實他對一百單八將都很熟悉，但就是喜歡再聽，不求新鮮，只圖過癮。每當劇情陡轉，他便哈哈大笑。這些晚上周文覺得這老頭年輕了不少——只要他們在一起坐上個把小時，梁部長灰黃的臉上就會湧起淡淡的紅暈。

自然而然周文成了戰士們心中的迷，他們想弄清他到底在樓下幹些什麼。一天下午黃站長找周文談話。他問：「為什麼你老去梁部長家呢，小周？」

「我給他做事。」周文絕不透露他在樓下學習，因為站長很容易給他找點活兒幹，把他窩在站裡。

「做什麼事？」

「有時幹點雜活兒，有時他讓我給他讀《毛選》和報紙。」

「眞的？他每天都學習？」

「嗯，用功得很。」

「我怎麼能相信你的話呢？」

「黃站長，你如果不相信，就去問問他。」他知道站長在梁部長面前連粗氣都不敢喘。姓黃的最好別惹毛梁老頭，不然的話，梁部長會把他祖宗三代都罵遍。

「不必了，周文。你知道我對你在樓下做什麼並不感興趣，是司馬指導員讓我問你的。我不清楚他怎麼知道你常去梁家。」

「謝謝你告訴我實情，黃站長。請轉告司馬指導員：梁部長讓我給他做事。」

從那以後，站長不再打擾周文了，但別的同志卻更好奇。他們甚至偷偷地搜了他的箱子，連他的褥子也翻過來，看看下面藏沒藏東西。周文覺得眞幸運，事先把《辭海》放到樓下去了。他們沒完沒了地盤問他。一個說，「你怎麼和梁部長掛上勾的？」另一個問，「他要你給他做私人祕書嗎？」還有一個長嘆一聲，說，「要是梁家有個千金就好了！」

梁部長的確只有三個兒子。長子是南京軍區的連長；老二在哈爾濱一家兵工廠當工程師；最小的叫梁彬，還在念中學，又高又壯，足球踢得好極了。一天下午報訓休息時，周文、張軍、古萬祥在教堂後院踢球。梁彬過來了，放下書包，用腳背勾住球，開始掂起來。球在他腳上、頭上、肩上、膝蓋上跳來跳去，他渾身像長了彈簧。他掂了足有三分鐘，球還沒落地。當兵的都看傻了，問他爲什麼不去省少年隊踢球。

「他們要過我好多回了，」梁彬說，「但我不敢去給他們踢。」

「爲啥？」古萬祥問。

「如果我去了，我爸就打斷我的腿。他光讓我學習。」梁彬拾起書包，趕緊回家去了。

張軍和古萬祥都說梁部長老糊塗了，把兒子的前程給耽誤了。周文了解其中的緣故，但沒說什麼，拿不準梁部長是否願意讓別人知道他的故事。那段往事確實意義深刻，但不太光彩。

每天梁彬一放學就得趕緊回家學習。一天傍晚周文聽見梁部長訓他兒子：「……周文在路燈下讀《三國演義》。看你，你什麼都有，自己的檯燈，自己的書，自己的書桌，自己的屋子。你缺少的是自己的意志。都怪你媽把你慣壞了，你太懶了。來，來，再做幾道題。如果你好好用功，過年時我給你買個大禮物。」

「你讓我參加足球隊嗎？」

「不行，你得學習。不能四肢發達，頭腦簡單。」

幾天以後，梁部長要周文教他兒子，說周文是他所認識的人中學問最大的，而且誠實可信。周文保證盡力教好。接著梁部長從兜裡掏出一本快翻爛的書。「教他這個。」他說。原來是一本《三字經》。

周文很吃驚，沒想到首長要他教梁彬古文，其實他自己只學過一點兒之乎者也。梁部長從哪裡搞到這麼本書的？周文聽說過《三字經》，但以前從沒見過。爲什麼梁部長這位老革命要兒子學這種封建忠孝書呢？周文不敢多問，把疑團壓在心裡。他沒跟任何人提起《三字經》，反而告訴別人梁部長要他教梁彬毛主席的《實踐論》。主席的這篇文章周文吃得很透，政治學習時可以大談自己的體會。站裡別的人都弄不懂毛主席的理論，所以他們就相信了周文的話，而且一起學習時對他的發言很佩服。

復員的日期越來越近，周文更加著急，不斷地問自己，該怎麼辦呢？沒有黨票，回家後就不可能有好工作，可你怎樣才能在退伍前入黨呢？就剩五個星期了。如果年前入不了黨，將來就很難再有機會了。你就是現在把詞典送給司馬林，也太晚了。做什麼都沒用了。可你總不能坐著乾等，總得做點什麼，想招兒說服司馬林。但該怎麼辦呢？

他仔細想了三天，決定跟梁部長談談。一天晚上，他剛在「書房」裡坐下，梁老頭就進來了，氈帽上掛著雪花。「小周啊，」他親密地說，「我來求你幫個忙。」

「要我做啥？」周文站起來。

「這兒，這是馬克思的書。」梁部長把皮手套放在桌上，從手套裡抽出一本《共產黨宣言》。「今年冬天師領導學習這本小書。侯副政委今天下午講了頭一課。糟透了，我一點兒也沒聽懂。也許他根本就不懂馬克思。」

「但願我能幫上忙。」

「比方說，」梁部長把書放在桌上，翻了幾頁，「你聽這段：『一個幽靈，一個共產主義的幽靈在整個歐洲大地徘徊。』老侯說『幽靈』是個『大鬼』，歐洲到處都有大鬼。我懷疑他的說法。你知道什麼是『幽靈』嗎？」

「讓我查查這個詞。」周文從抽屜裡拿出《辭海》，翻起來。

「這可是本寶書啊，所有的難詞怪字都收在裡面。」梁部長說著站得近些，看周文翻查。

「找到了。」周文捧起書，大聲朗讀，「幽靈……死者的靈魂，鬼神，鬼怪。」

「你瞧，沒什麼『大鬼』嘛。」

「『大鬼』倒不一定錯，只是低俗了點兒。」

「說得對。太好了，明天我告訴老侯別搞什麼『大鬼』了。不過小周，我還是弄不明白，爲什麼馬克思說共產主義是一個『牛靈』呢？共產主義不是美好的理想麼？」

聽梁部長發錯了音，周文差點笑出來，但他抑止住自己，回答說：「馬克思在這裡用的是諷刺，因爲資產階級把共產黨人看作毒蛇野獸，近似於幽靈。」

「對呀！」梁部長拍拍肚皮，笑著搖頭。「你看，小周，我這個老腦筋只會直來直去，從不拐彎兒。你眞是個聰明的小夥子。眞是相識恨晚呀。」

周文的機會來了。他說：「我們在一起待不長了，我很快就要捲起鋪蓋回家去。我會十分想念您和這間屋子。」

「什麼，你快要復員了？」

「是的。」

「他們爲什麼讓你這樣的好兵走人呢？」

周文說了實話。「是我自己要求的，我父親身體不好。」

「噢，眞遺憾你不能再多待段時間。」

「我會永遠感激您。」

「回家之前有什麼事需要我幫忙嗎？」

「是有件事，但我不知該不該提。」

「有話就說嘛，我恨的就是吞吞吐吐。說出來，看看我這老頭子能不能幫上忙。」他坐到沙發上。

周文把椅子往前拉拉，也坐下來。「我還不是黨員，眞不好意思。」

「爲什麼？你知道他們爲什麼還沒發展你入黨嗎？」

「知道，因爲同志們覺得我書讀得太多，跟他們不一樣。」

「這是什麼鬼話？」梁部長的濃眉豎了起來。「指導員司馬林也這樣認爲嗎？」

「嗯，他說我身上有股小知識分子的酸味兒。其實我連初中都沒畢業。」

「這個孬種，我這就找他談談。跟我來。」梁部長走出屋，到走廊去用掛在牆上的電話。周文嚇壞了，但不得不跟出去。他後悔說出指導員講的話。如果梁部長問司馬林「小知識分子的酸味兒」是什麼意思，那就糟了。

「我要找無線連。」梁部長粗聲粗氣地對話筒說。

「喂，你是誰？我找司馬林。」梁部長轉頭對周文說，「我得教訓教訓這頭蠢驢。」

「喂，」他又對話筒說起來，「是你嗎？小司馬——你當然能聽出我的聲音。聽著，我有一件嚴肅的事情要跟你談談——是有關周文入黨的問題。他是我的朋友。我認識他有一段時間了，他是個好兵，是個才華洋溢的學者。你們爲什麼還沒發展他入黨？他不是快復員了嗎？」

梁部長聽著對方解釋，突然他嚷起來，「什麼？你這個渾蛋！那正是爲什麼他應該入黨。現在是什麼時候了？二十世紀七十年代了，而你仍然對知識分子抱有成見。你滿腦袋裡都是農民意識。爲什麼他得經受更長的考驗呢？就因爲他學得多、知道得多嗎？你腦子裡有毛病。告訴我，我們共產黨怎麼打敗蔣介石的？用槍炮？他不是有美式的飛機和坦克嗎？我們小米加步槍怎麼打敗了老蔣的八百萬現代裝備的軍隊呢？」

狡猾的指導員在那一頭支支吾吾地回答著。周文鬆了口氣，因爲梁部長沒說是他告的狀。

「胡說八道！」梁部長說。「我們是用筆桿子把他打敗的。老蔣只有槍桿子，而我們既有槍桿子又有筆桿子。毛主席教導我們說：『槍桿子，筆桿子——幹革命離不開這兩桿子。』你是不是黨支部書記？怎麼連這麼簡單的道理都不懂？你是一條傻桿子。你思想有問題，對不對？」

機靈的指導員好像在認錯，因爲梁老頭消了些氣。「我不是要跟你過不去。我是個老兵，黨齡比你的年齡都長，所以我知道黨最需要什麼樣的人。我們要徵召幾百萬扛槍打仗的人並不難，但我們最需要的是拿筆桿子的人。我的朋友周文就是這樣的人，對吧？——司馬林同志，不要把眼光只放在自己的一畝三分地裡，要放眼世界。我們的革命事業是全球性的工作。周文在你眼裡可能不夠格，但對我們的革命事業來說，他完全夠格，正是不可缺少的人。因此，我建議你認眞考慮他的入黨問題……好，我很高興你這麼快就明白過來了……再見吧。」梁部長掛上電話，對周文說，「這頭驢，腦袋不轉勁兒。」周文直冒汗，心怦怦跳。

梁部長的電話掃除了一切障礙，周文不到兩個星期就入了黨。司馬指導員和黃站長都沒提那電話的事，看來指導員不願讓任何人知道自己挨了訓。站裡的同志們都很吃驚，沒想到這件事來了個一百八十度的大轉彎，而且進展神速。周文在他們眼裡也就更神祕了。甚至有人說周文不復員了，反要被突擊提幹，調到師政治部去搞宣傳。但這只是謠言。

離開部隊的前一天，周文到樓下去收拾東西，並跟梁部長道別。他前腳進去，梁部長就後腳跟進來，手裡攥著一只紫色的長方形小盒。盒子很精緻，光亮亮的。梁老頭把它放在桌上，說：「拿著，做個紀念。」

周文打開盒蓋兒，只見一枝棕色的英雄牌兒金筆嵌在白布槽裡，筆腰上刻著剛健的鍍金題詞：「周文——永握革命之筆——梁明贈。」

「謝謝你幫助我兒子。」梁部長說。

周文感動得說不出話來，連筆帶盒揣進兜裡。雖然他教了梁彬《三字經》，但梁部長幫他入了黨。這可是一輩子的大事，像成家，像重獲新生。即使沒有這個禮物，周文這一方已經是受益人，現在他應該回禮，可是手頭沒有任何值錢的東西。突然他想起抽屜裡的《辭海》，就取出書，雙手捧給梁部長。「這本詞典也許對您有用，首長。」

「噢，我可不能奪下你的傳家寶啊。你說過這是你父親的書。」梁老頭在腿上直搓手。

「請收下。我父親如果知道這書在您手中，他會很高興。」

「那好，這可是無價之寶。」梁部長的三根手指撫摸著堅厚的書脊。「我一定珍惜它，讓我兒子每天讀十頁。」

周文要離開了，梁老頭伸出手來；周文第一次握了那隻殘缺的手，覺得它冰涼冰涼的。

「再見了。」梁部長說，看著周文的眼睛。「小周，祝你前程遠大。刻苦學習，永不鬆懈。你將成爲非凡的人，成爲大學者。我心裡清楚你會做到的。」

「我一定多用功。您多保重，部長。我回去後就給您寫信。再見了。」

梁老頭輕輕地嘆了口氣，揮揮手。周文走出門，胸中激情翻湧，充滿了自信和決心。外面空氣微微泛光，天又高又藍。遠處一對中國戰機悄悄地高穿入雲，準備殲滅來犯之敵。此時此刻，周文下定決心要成爲一個社會主義的文豪，揮動革命之筆，戰鬥終生。

導讀

革命是請客吃飯，也是做文章

顏擇雅

即使不習慣閱讀文學小說，閱讀哈金，也會感到很容易「進去」。不只是進去故事，也進去那整個世界。目前爲止，哈金所有短篇集，每本都圍繞一個不同世界。

《好兵》的世界是六、七十年代之交，中蘇關係最緊張時期的邊區解放軍。《光天化日》的世界是文革時期鄉村。《新郎》是八十年代城市。《落地》則是寫美國兩千年左右的中國移民社會。

把小說寫得讓讀者很容易進去，我想一大原因是哈金寫作並非使用母語。他學習英文的起步年齡比張愛玲、林語堂都晚，英文遠不如他們道地，想必讓他總處於「下筆不能自休」的相反狀態，隨時都想利用最少字句把想要呈現的動作或場景描述完畢。福禍相倚，這種辛苦可能反而有助他避掉現代華文創作常見的無謂冗詞贅句，把速度加快。

除了語言，受眾可能也是一大原因。在美國，一本寫三十年前中國軍隊生活的短篇集憑什麼去跟眾多寫越戰、寫華爾街金錢遊戲、寫中西部成長故事的其他書稿去競爭出版社編輯眼球這種稀缺資源？哈金要生存下來，就必須把小說寫得故事性夠強，進展夠快。

當然，情節驚悚亦有幫助。《好兵》中有一篇寫獸交，有一篇寫吃人肉。《光天化日》中有一篇寫輪姦，有一篇寫謀害親子，殺人工具還是沒人寫過的一種：一根辣椒。辣椒要怎麼用來殺人？真的要讀到那篇〈運〉才能明白。

然而，故事性強、進展快、情節驚悚這些條件也許有助於賣書，憑這些卻不足以構成文學。社會新聞寫謀害親子，讀者想的是：「竟有這種事。」文學作品寫謀害親子，如果寫得成功，讀者想的就是：「好合理。如果也給我一樣的環境，養成一樣的眼界，受到一樣的限制，我都不確定自己會不會做同一件事。」

也就是說，好的文學小說必須提供讀者本來沒想到的人性洞見。這又是哈金的強項：他擅常寫人，足夠引起讀者興趣的人。讀者把他的小說看下去，往往不只是受情節吸引，也是對人物產生了關懷之情。

哈金作品也往往比華文創作更能讓中國以外讀者一窺中共統治的實相。他的寫作環境沒有文字審查，因此中國作家不方便寫的，他都可以大寫特寫。

中國作家當然也寫過舉報，角度卻不可能像哈金如此全面。《好兵》第一篇〈報告〉就是一封舉報函，背景是一九七〇左右，裡面那首毒歌是實有其歌，不過是一九七九才問世。時代錯誤應該是哈金故意的，爲了諷刺正常時候的一首歌在文革期間會害死許多人。

光看這篇，讀者只會想到後續可能有多人會倒大楣，也就是主角舉報的那些人。但後來幾篇都多多少少有呼應這篇，因此讀者只要往下看，對這篇的看法就會一變再變。

第二篇〈晚了〉結尾，敘事者爲了自保而決定不舉報　人，這時讀者就會意識到〈報告〉主角在下筆前應也經過一番算計。第五篇〈龍頭〉與第八篇〈黨課〉，裡面都有黨幹部擔心被舉報所以決定舉報別人，這時讀者會意識到〈報告〉的出發點應該也是自保，先下手爲強是一種不得不然。主角寫得洋洋灑灑，其實心裡緊張得要命，因爲有把柄在別人手裡。第十篇〈老鄉〉，主角逃命是因爲舉報錯人，讀者又會回頭意識到〈報告〉後續倒霉的搞不好不是舉報對象，而是主角本人。他過不過得了關全要看政委如何處置這封舉報函。

《好兵》每一篇都有一位政治指導員，他代表黨的眼光、黨的思維。

黨的眼光只會選擇看到黨想看到的東西。〈字據〉結尾，指導員去跟敘事者說：「記住：絕不能先動手。」但是，起頭不就是敘事者先動手？可知指導員眞正意思是：「我知道你先動手，但我選擇不去看見。」

黨的思維則擅長衡量大局，而且爲達目地總會想出漂亮說法。〈字據〉中那張字據就是充分衡量局勢後想出的漂亮說法。毛擇東說革命不是做文章。但是在〈報告〉與〈字據〉兩篇，都可以看出革命一定要做文章。正因爲做文章很重要，〈辭海〉中的指導員才會爲了一本《辭海》阻撓主角入黨。〈朴大叔的兩個壽宴〉、〈龍頭〉、〈蘇聯俘虜〉三篇則寫出革命也必須請客吃飯。請客吃飯才能維持關係，〈朴大叔的兩個壽宴〉寫出黨在這方面的靈活手段與柔軟身段。

靈活手段與柔軟身段的前提是對方有利用價值。黨的思唯有別於只會打仗的軍官，就是不只看得出誰有利用價值，也完全清楚這種利用價值有時而盡。〈龍頭〉整篇讀起來像是〈鄭伯克段於鄢〉的現代版。裡面的敘事者不只有溫情主義的毛病，說話也太直腸子。教導員就不同了，爲了打擊主要敵人，他在聯合次要敵人時可以非常從容不迫、文質彬彬，其實腦袋中隨時在想著要怎麼殺掉自己正溫良恭儉讓的這個對象。

〈蘇聯俘虜〉敘事者則是正相反。黨要他請客吃飯，是爲了騙取對方信任，他卻溫良恭儉讓到自己失去警惕。

黨的心態是絕不可失去警惕，只爭取信任但絕不給出信任，這點在習近平時代還是一樣。

這種心態的統治方式一定造成人人自危，不時在考慮是否要先下手爲強。不過，哈金筆下的中國人心倒不見得都扭曲，只是善良的人往往不知自己的出發點是善良，〈老鄉〉就是寫這個。《光天化日》中有一篇〈男子漢〉，善良的人還自以爲有毛病。

就算對文學沒興趣，讀哈金小說也有助於認識中共思維，理解中共統治如何改變中國人心。

大師名作坊 167

好兵

作　者—哈金
譯　者—卞麗莎、哈金
編　輯—張瑋庭
企劃經理—何靜婷
美術設計—黃子欽
內頁排版—極翔企業有限公司

副總編輯—嘉世強
董 事 長—趙政岷
出 版 者—時報文化出版企業股份有限公司
10803臺北市和平西路三段二四〇號三樓
發行專線—（〇二）二三〇六—六八四二
讀者服務專線—〇八〇〇—二三一—七〇五
（〇二）二三〇四—七一〇三
讀者服務傳真—（〇二）二三〇四—六八五八
郵撥—一九三四四七二四時報文化出版公司
信箱—一〇八九九臺北華江橋郵局第九九信箱

時報悅讀網—http://www.readingtimes.com.tw
電子郵件信箱—liter@readingtimes.com.tw
法律顧問—理律法律事務所　陳長文律師、李念祖律師
印　刷—勁達印刷有限公司
二版一刷—二〇二〇年一月十七日
定　價—新臺幣三〇〇元
（缺頁或破損的書，請寄回更換）

時報文化出版公司成立於一九七五年，
並於一九九九年股票上櫃公開發行，於二〇〇八年脫離中時集團非屬旺中，
以「尊重智慧與創意的文化事業」為信念。

好兵 / 哈金著；卞麗莎、哈金譯 . – 二版 . – 臺北市：時報文化，
2020.01
面；　公分 . –（大師名作坊；167）
譯自：Ocean of Words
ISBN 978-957-13-7397-3

874.57　　108022966

ISBN 978-957-13-7397-3
Printed in Taiwan

My Best Soldier

I couldn't believe it when I saw that the photograph sent over by the Regimental Political Department was Liu Fu's. How clumsy he looked in it: a submachine gun slanted before his chest; above his army fur hat, at the right corner, stretched a line of characters--"Defend My Motherland"; his smile was still a country boy's smile lacking the sternness of a soldier's face. He had been in my platoon for only about ten months. How could he, a new soldier, have become a secret customer of Little White Fairy in Hutou Town so soon?

Our political instructor, the Party secretary of our company, interrupted my thought, "I have already talked with him, and he admitted he had gone to that woman six times this year."

"Six times?" Again I was surprised. "He is new. How could he get to know her so quickly?"

"I've asked the same question." Instructor Chang tapped his cigarette lightly over an ashtray and raised his head, looking across the small room in which we were sitting. He wanted to make sure that the orderly was not in the next room. "I think there must have been a pimp, but Liu Fu insisted he got to know the Fairy by himself when he had his hair cut in her barbershop.